NOVELA

!SOY POETA!

César Curiel

Compre este libro en línea visitando www.trafford.com
o por correo electrónico escribiendo a orders@trafford.com

La gran mayoría de los títulos de Trafford Publishing también están
disponibles en las principales tiendas de libros en línea.

Impreso en United States of America.

ISBN: 978-1-4269-6091-8 (sc)
ISBN: 978-1-4269-6092-5 (hc)
ISBN: 978-1-4269-6093-2 (e)

Número de Control de la Biblioteca del Congreso: 2011903902

www.trafford.com

Para Norteamérica y el mundo entero
llamadas sin cargo: 1 888 232 4444 (USA & Canadá)
teléfono: 250 383 6864 • fax: 812 355 4082

DEDICACIONES:

Siempre a mí amada familia.

A mi pequeña nietecita que trajo felicidad y nuevas esperanzas a mi vida: Atzi Jael Luna Curiel.

A mis amigos.

A todos aquellos que luchan por sus sueños hasta alcanzarlos, para ellos… mí más profundo respeto.

Mi agradecimiento muy en especial a la poetisa: Margarita Ruiz Ruiz por darme permiso en poner su nombre en esta novela, igualmente a la poetisa Argentina y amiga, Teresa Palazzo Conti. Gracias para ambas. Para ustedes, mi gran admiración.

Todos los nombres aquí mencionados son imaginación del autor, con excepción de los ya antes mencionados de las poetas. Cualquier similitud con algún nombre es simplemente coincidencia.

"Un gran poeta es la joya mas preciosa de una nación"

Beethoven

I

La gente se amotinaba en la entrada principal del edificio estilo colonial de la casa de la cultura en la capital Duranguense de México; a las siete de la tarde empezaría la presentación del gran poeta Tolomeo Vázquez Moreno, el recital prometía un lleno total en el pequeño auditorio que estaba ubicado al final de la prestigiosa institución dedicada al arte y la cultura. El publico se daba cita y trataban de escoger las mejores butacas para escuchar con atención los versos de este gran hombre que hacia temblar de emoción a chicos y grandes, amantes de la poesía e incluso artistas de renombre en la antes mencionada ciudad. Una música de fondo ponía ambiente a los impacientes asistentes que no hacían otra cosa más que ver el reloj y mirar al frente esperando con ansias la hora de la tan esperada presentación.

Por fin salio el reconocido poeta, un hombre de unos cincuenta años de edad aproximadamente, tez morena clara, cabello lacio, anteojos; portaba una ropa de lo mas sencilla, pantalones de mezclilla, camisa blanca de vestir y un saco color vino de pana y zapatos casuales. A simple vista daba la impresión de ser un intelectual liberal, sin muchos complejos en su persona. Se postro en frente del escenario dando una mirada de ternura y a la vez de satisfacción, sonrío con todos y dio las gracias por haber hecho el esfuerzo al haber asistido a su recital, después de mucho tiempo de no presentarse en su querida ciudad natal, o mas bien dicho, en el estado de Durango, ya que él era oriundo de un pequeño y desapercibido pueblito de dicho estado. El pueblito de Chinacates del estado de Durango. Creció como un niño de pueblo, con carencias, si, pero con muchos sueños, su vida urbana no lo detendría de ser grande en lo que él mas amaba. Las letras. Tolomeo se quedo por unos segundos observando a ese publico que había dejado todas sus actividades en ese momento para solo irlo a ver, a escuchar sus estremecedores y bellos poemas, versos y rimas hablando del amor, de la vida, de la infancia, del agua, del aire; versos que hablaban incluso de la misma muerte, pero con elegancia, con aplomo, sin infundir temor. Tolomeo era un gran poeta, un gran artista. A través del tiempo y los años, sus libros de idealidades estaban colocados en los mas vendidos, algunas de sus obras también se hallaban en ciertas paginas de Internet, el numero de usuarios que visitaban esas planas cibernéticas se inclinaban mas a leer los versos de los mas famosos, entre ellos estaba Tolomeo Vázquez Moreno.

El recital tuvo una duración de una hora y media aproximadamente, entre versos y palabras del autor a su público, un guitarrista de música clásica acompañaba los versos que a la vez eran cual sublimes melodías a los oídos de los todos ahí presentes,
Poemas como: la niña descalza, a la altura de mi padre, el viento mi amigo y mas hicieron que algunas personas dejaran desprender unas lagrimas por la emoción producida de las palabras del orador. Al final, una histeria de aplausos y silbidos cerro con broche de oro tan emotivo concierto, fueron muchos los que se acercaron al poeta para felicitarlo en persona, palparlo, estrechar su mano; otros simplemente lo observaban a distancia con una mirada de gusto y aprobación, sus libros, que se encontraban al final del corredor, en el patio principal de la ya afamada institución, se vendían como pan caliente, casi todos querían tener un solo ejemplar de los versos plasmados de este hombre. Muchos otros al adquirir un ejemplar corrían de nuevo a la segunda sala en donde aun se encontraba el popular personaje de esa noche y le pedían que firmara y dedicara el libro. Tolomeo era un hombre con una sencillez extraordinaria, su sonrisa siempre se veía reflejada en su rostro, sus ojos irradian melancolía, recuerdos

que solo él sabia, pero también se podía notar paz en su alma, esa tranquilidad que solo los poetas conocen.

Poco a poco el edificio se fue quedando vacío, la gente se alejaba de la institución llevando consigo un recuerdo, tal vez parafraseando algún poema de los muchos que se dijeron esa noche. Al final solo quedo el trovador en compañía de su amada esposa, su socia de la vida, la que siempre lo acompañaba y era la inspiración a muchas de sus grandes obras, esa mujer, que en silencio lo veía y era también su héroe, su gran artista. También los acompañaba el director de la casa de la cultura, el Licenciado Juan Gutiérrez Valle, al final de los asientos estaba un hombre, esperando de forma paciente a que todos se hubiesen ido para el poder hacer su trabajo. Era un periodista del afamado y prestigioso periódico "el sol de Durango". Cuando vio que ya no había mas publico o gente que pudiera intervenir, se acercó a Tolomeo y se presento con él ofreciéndole su mano, él joven periodista se llamaba Godoy Ramos de la Cruz, quería tener la exclusiva, su trabajo como periodista dependía al cien por ciento de esa entrevista, si la conseguía, el puesto para cubrir la plana de cultura y sociedad era de él, esa sección siempre la quiso y esta vez era su gran oportunidad, él director del periódico le había dado permiso para que consiguiera un buen reportaje sobre la vida del poeta, si lo lograba, esa plana cubriría la portada principal del periódico en domingo, que es cuando mas compra la gente el papel para ver las noticias. Sin perder mas tiempo, él reportero se dirigió a su presa, como cuando un león se acerca de forma cauta y sigilosa a los tantos herbívoros que hay en la pradera, Godoy esta ahí, frente a Tolomeo. El poeta lo miro con curiosidad y con un gesto amable y paternal le correspondió el saludo de forma amable, intercambiaron unas palabras tocando el tema sobre el recital que había dado hace apenas unos treinta minutos antes. Godoy durante el transcurso de la presentación había anotado los nombres de las poesías que mas hicieron impacto en el publico, aprovecho para hablarle directo y al grano, le dejo saber que él era periodista del periódico el sol de Durango, que desde hace un buen tiempo había estado esperando la oportunidad de tener una entrevista con él y que ahora por favor se la concediera. Tolomeo lo miro de forma fija, tal vez un poco desconcertado por la forma tan poco inusual de hacerlo, pero a la vez le sorprendió su franqueza, su arrojo y su valor. El joven periodista en pocas palabras y ahorrando tiempo le hizo saber lo importante que era esa misión para él, Tolomeo lo cito para el día siguiente en el lugar mas popular de la ciudad de Durango, el famoso pasaje, ubicado en la calle cinco de febrero, era un lugar agradable, bastante publico, si, pero eso no le importaba al poeta, él, junto a su querida esposa querían disfrutar de un delicioso desayuno con un par de rompopes cada uno. Godoy hubiese querido que la entrevista fuera en ese momento pero al ver la decisión del poeta no le quedo de otra mas que darle las gracias y confirmar una vez mas la cita para el día siguiente; sin duda alguna estaría mas que puntual, incluso hasta antes que Tolomeo.

El día tan esperado para él periodista llego, puso su alarma a las seis de la mañana, en realidad casi no había podido dormir bien, pensando que Tolomeo y su esposa no irían a la cita, durante la noche tuvo algunas pesadillas, se revolteo en la cama varias veces, inquieto; en el sueño se veía puntual en el lugar ya citado, el famoso pasaje. Godoy esta ahí sentado, solo, en las mesas no había ni una sola alma a su alrededor, ni siquiera las meseras, el lugar parecía fantasmal. En su atemorizado sueño nadie ni nada estaba, solamente él, el viento se hacia cómplice de aquel acontecimiento que lo tenia al punto de la histeria, volteaba para todos los lados, nada, las mesas vacías, las calles. El periodista se despertó sudando, inquieto, agitado, la boca seca, los ojos grandes y redondos, la respiración era rápida, giro su cabeza y solo vio oscuridad a su derredor, el reloj marcaba apenas las tres de la madrugada, se dejo caer sobre la almohada de golpe, suspiro profundo y volvió a cerrar los ojos una vez más. Los nervios no lo dejaban dormir como era lo normal, no se explicaba el por qué, había hecho cientos de entrevistas anteriormente e incluso a gente de mucha importancia; políticos, funcionarios, artistas de gran renombre; entonces, ¿por qué los nervios por entrevistar a un simple y reconocido poeta? era extraño, ni él mismo tenia una respuesta lógica a tan inaudita actitud. En el fondo sabia que Tolomeo Vázquez Moreno era un poeta reconocido a nivel mundial, tal vez era ese el nerviosismo, al fin y al cabo la gente de cierta popularidad siempre es un poco extravagante, especialmente los artistas y no se diga de los poetas. Esos locos con sentimientos nobles que lloran por la nada, que hablan con la luna y se enamoran de cada estrella, esos seres que vibran ante la mas minima sensación sentimental y lo plasman de inmediato en cualquier hoja para convertirlo mas tarde en un bello y sublime poema. Godoy se fue quedando dormido nuevamente a la vez que hablaba solo y pensaba en lo que le preguntaría unas horas más tarde a su entrevistador. Se dejo llevar por el silencio y acurrucado entre las cobijas en forma fetal durmió placidamente hasta que el ruido del despertador lo hizo esta vez brincar de la cama. Eran exactamente las seis de la mañana, el tiempo perfecto para levantarse, darse un chapuzón en la regadera, después desayunar unos huevitos estrellados con jamón y su pan tostado, eso si, sin faltar su vaso con leche y un juguito de naranja. A pesar de que Godoy Ramos de la Cruz era un hombre soltero se sabía cuidar perfectamente bien. Su madre le había enseñado desde temprana edad a saberse valer por si solo, su padre había fallecido cuando él apenas siendo un niño. Casi no tenia muchos recuerdos de su querido progenitor, sus demás hermanos y hermanas lo habían cuidado siendo él de los menores en una familia de siete en total, eso siempre le tendría que agradecer a su madre y a sus dos hermanas mayores, Juanita y Leticia que habían sido realmente como unas madres para él. Cuando empezó a asistir a la secundaria se le metió la idea de ser periodista y desde entonces su sueño lo quiso llevar a cabo, admiraba a los reporteros que arriesgando su vida cubrían las notas de guerra, los espectáculos. A muchos de ellos incluso los golpeaban por tan solo cumplir con sus obligaciones, de cualquier forma sentía que esa seria su vocación y nunca quito el dedo del renglón hasta conseguirlo. Sus demás hermanos habían elegido trabajos y carreras diferentes, uno de ellos, Daniel, ese era doctor, otro era mecánico, otro arquitecto, la hermana menor de las mujeres era secretaria, otra abogada y la mayor, esa nunca pudo sacar una carrera por encargarse de ayudar a su madre con las tareas de la casa y cuidar a todos sus demás hermanos. Aun así, todos la ayudaban ya que siempre habían crecido como una familia muy unida. Después de tomar sus sagrados alimentos, Godoy salio como era su costumbre, siempre bien alineado en su vestir, un pantalón negro, camisa blanca, su corbata y un saco negro que le hacia combinación a su pantalón perfectamente. Fue primero a la oficina del sol de Durango para reportarse con su jefe directo y comunicarle lo que iría a hacer esa mañana, le contaría sobre su tan esperada cita con él poeta. El patrón de Godoy no tuvo objeción alguna en que fuera a entrevistarse con el señor Tolomeo, de hecho, lo tenia que hacer, era una entrevista que no podía faltar para el día domingo, pocos poetas llenaban de tal manera el auditorio de la casa de la cultura, mucha gente posiblemente esperaba leer algo sobre ese hombre, en realidad muchos eran los que conocían sus obras, pero muy pocos realmente sabían algo de su vida, ese era precisamente el trabajo de un buen periodista, descubrir, sacar, conocer, indagar; Godoy podía hacerlo, era joven y sabia hacer bien su función.

Cuando el joven periodista salio de las oficinas de la prensa para dirigirse al lugar ya antes citado, "el pasaje", faltaban unos veinte minutos para las nueve de la mañana, el tiempo exacto para llegar puntual con la pareja de artistas. Aunque la esposa de Tolomeo realmente no se le conociera ningún atributo artístico, el hecho de ser su compañera de años la hacia verse también como una artista. En sus ratos libres y de óseo gustaba por leer y pintar, cuadros solo para ella, pinturas que no compartía con nadie, solo entre su esposo y ella, cuando no le gustaban, simplemente las tiraba y hacia otra, eso le ayudaba a relajarse y calmar un poco las ansías. Mientras su esposo gustaba de encerrarse en un pequeño estudio para escribir y así poder sacar nuevas obras. No era seguido, trataban de llevar una vida de lo mas normal que pudiesen, simplemente el arte lo llevaban en la sangre, tal vez mas él que ella.

Godoy llego tal como lo había planeado, puntual a las nueve de la mañana, hecho un rápido vistazo entre las vitrinas de la cafetería y pudo localizar de inmediato a la pareja, estaban sentados casi al final de la larga fila de mesas que había en ese lugar. Sin perder mas tiempo se dirigió hacia la mesa en donde se encontraban y de forma amable y educada los saludos a ambos dándoles primero los buenos días. Tolomeo le ofreció sentarse en la misma mesa para poder dialogar largo y tendido sobre la entrevista ya prometida. El poeta era un hombre de palabra y estaba allí para cumplir con su cita, después de todo eso también le convenía a él, nunca es bueno quedar mal con la prensa, ellos tienen el poder de arruinar la reputación de alguien, pueden alzarlo o bajarlo.

----- ¿Desea algo de tomar?--- Pregunto él artista al joven reportero.

----- No, bueno… si me gustaría acompañarlo con un rompope, gracias.

Tolomeo hizo una seña indicando a la mesera que estaban listos para ordenar algo. Una señorita de estatura mediana y piernas bien torneadas se acerco rápidamente para tomar la orden. Los tres individuos ordenaron tres bebidas, esas suculentas malteadas, especialidad de la casa llamadas rompopes, aparte de eso, Tolomeo y su esposa ordenaron unas tortas de pierna. Desde hacia buen tiempo la pareja deseaba saciar su antojo en ese lugar. El joven Godoy no espero y sin perder mas el tiempo empezó la entrevista, antes de eso le hizo saber al señor Tolomeo que el recital del día antes había estado realmente digno de elogio y el hecho de estar con él en ese momento, desayunando y charlando con ellos era digno de envidia para cualquiera. Tolomeo de forma humilde le hizo saber al joven que la verdad estaba exagerando y no era para tanto, al fin y al cabo era un simple humano como cualquier otro. Con eso Godoy se acabo de dar cuenta de la simpleza de ese gran hombre.

-----Podría preguntarle señor Tolomeo. ¿Desde cuando usted empezó a escribir poesía?--- Godoy hizo la primera pregunta de muchas que traía consigo, en realidad él reportero se había preparado bastante bien, como cuando un soldado va a la guerra y lleva municiones de sobra para el combate. Solo que este no seria un combate, sino un dialogo de lo mas pacifico que Godoy se pudiera imaginar. Sin saberlo, Tolomeo pensaba revelarle su vida entera al joven periodista, de alguna manera le había inspirado confianza, no se veía como muchos otros periodistas, que solo quieren sacar cosas de la vida intima para después divulgarlo sin sentimiento alguno, algunas veces hasta inventando. Godoy aparentaba ser diferente, aparte los periodistas de provincia no están tan maleados como los capitalinos,

en especial los que se dedican a cubrir a la farándula. En realidad Tolomeo no era un personaje tan afamado como un artista publico de televisión o cine, de cualquier forma tenia que cuidar su persona y no hablar de más. La primera pregunta del joven reportero la respondió directo y al grano contestándole que desde muy tierna edad él ya sentía empata por el arte literario.
---- ¿Podría ensanchar un poco mas su comentario señor Tolomeo?---- Agrego Godoy, pues quería saber más. El poeta de inmediato tomo eso como un: hable mas de su vida, he inmediatamente le empezó a hablar contándole detalles y pormenores de su vida intima. De alguna manera Tolomeo empezaba a abrir el libro secreto de su infancia, su juventud y su vida adulta. Algo que Godoy Ramos de la Cruz nunca se hubiese esperado escuchar, con una sola pregunta había podido abrir la caja de Pandora que nunca antes nadie había logrado hacer.
----Le contare mi vida joven, pero por favor, póngase cómodo, para esto ordenaremos un par de rompopes mas, por qué esta platica será larga y extensa.----- Aclaro el culto maestro sobre el periodista como si este fuera alguno de sus alumnos al que le fuera a dar unas cátedras de alguna materia. Godoy volteo a ver a la esposa del poeta y ella solo estaba entretenida observando a la gente pasar por detrás de las vidrieras de ese hermoso oasis donde se encontraban en pleno centro de la ciudad de Durango. Al parecer ella estaba como en otro mundo, Godoy pudo notar que ella se entretenía observando y viendo a una niñita indígena que estaba parada en la entrada del lugar. Era una huichólita de escasos ocho años de edad, al parecer estaba pidiendo limosna junto con su madre, la sufrida progenitora se hallaba del otro lado de la calle haciendo lo mismo, traía un bebe colgado en la espalada con un chal de los que ellos tejen a mano, ya que los indígenas son unos artesanos profesionales para hacer manualidades. La esposa del artista se levanto de la mesa como si la hubiesen hipnotizado y se dirigió a donde estaba la criatura dejando así la silla vacía. Godoy no pudo evitar el seguirla con la mirada, la actitud poco común de esta mujer le había llamado la atención. La gente de la ciudad esta tan acostumbrada a ver a los indígenas que bajan de la sierra para pedir limosna que pocos realmente son los que

se interesan en ellos, los ven como si fueran parte de la ciudad, como mirar los viejos edificios, hermosos pero rutinarios. Así se ven también a esos indefensos seres humanos, desprotegidos y marginados por una sociedad egoísta que solo busca la riqueza, el como subir adelante en la vida. Los huicholes al igual que muchas razas en otras partes de la republica mexicana son los menos afortunados, los olvidados, los que nadie ve aunque existan, las sombras de cada ciudad. La señora de Vázquez se agacho para charlar con la niña, no se podía escuchar lo que hablaba con ella. En eso Tolomeo interrumpió al periodista. ----- Así es mi esposa, le caen muy bien los inditos, los ve con ternura y cierta lastima.----- Godoy simplemente no supo que decir, se quedo mudo por unos cuantos segundos y solo se encogió de hombros sin tener una respuesta. Tolomeo soltó una pequeña risa al ver a su entrevistador tan extrañado con la actitud de un residente de esa urbe Duranguense.
-----La mayoría de la gente criada en ciudad son muy apáticos a las razas minoritarias, no se dan cuenta que ellos son y fueron los pilares de nuestras descendencias, con ellos empezó la historia de lo que es ahora México; nosotros somos mestizos, ellos son de sangre mas limpia que la suya y la mía. Nuestros ancestros se mezclaron con no se que tantas razas y de ahí venimos usted y yo.---- El periodista solo escuchaba la teoría del poeta sin pronunciar palabra alguna, sabia que tenia razón, ese hombre era realmente sensible, se podía ver, en la forma de hablar, de mirar, de expresarse. Tolomeo recapacito por si solo y olvidando un poco el tema de los indígenas y su esposa se concentro en la entrevista y el joven reportero.
----- Disculpe usted. ¿Que fue la pregunta?---- El periodista volvió en si concentrándose una vez mas en la entrevista, en realidad no podía perder demasiado tiempo ya que tenia otras cosas que hacer el la oficina de prensa. El escritor reflexiono una vez mas recordando la pregunta antes hecha por el joven. Tolomeo tomo el vaso que contenía el rompope y le dio un sorbo que solo le quedaron los bigotes pintados de la suculenta bebida.
----- Bueno..., le contare la historia o más bien mi trayectoria de cuando yo me inicie como escritor, desde mi infancia. Yo nací en el pequeño poblado de Chinacates, Durango.---- El joven periodista

levanto la cabeza para verlo a los ojos, nunca se hubiera imaginado que ese gran poeta fuese de ese ranchito que pasaba desapercibido para la mayoría de los ciudadanos Duranguenses. El artista prosiguió con su historia.
----- ¿Le sorprende no es así? ----- Pregunto Tolomeo a Godoy fijándose en la expresión de su rostro.
----- No, bueno... un poco, nunca me imagine que usted fuera oriundo de Chinacates, al decir verdad ni por la mente me pasaba que usted fuera de el estado de Durango.----
Tolomeo solo hizo una mueca de burla, no era el primero en sorprenderse al saber que un gran poeta era de un poblado que nadie tomaba casi en cuenta.

El veterano artista prosiguió con su dialogo contándole su propia biografía, empezó narrándole cuando él siendo apenas un niño ya sentía inquietud por las letras, tal vez eso lo heredo de su abuelo, ya que él era un hombre muy sabio, respetaba la naturaleza y a cada vida que esta representaba. Para su abuelo todo era una armonía perfecta, el viento, las aves, el cielo, el agua; era un poeta natural. Recordaba que a temprana edad gustaba pasear con su abuelito para escuchar historias, poesías que él abuelo declamaba, versos que solo él podía entender, pero aun así le gustaba ver a ese gran hombre posesionarse y casi llorar al decir palabras llenas de encanto. Al final de la declamación él abuelo le preguntaba que le había parecido su obra, el niño tomaba el papel de juez y daba su vaga e inexperta calificación. El abuelo lo levantaba en brazos y lo aventaba hacia arriba para volverlo a cachar una vez mas, riendo como un niño adulto; [[le decía. Tú serás un gran poeta Tolito, sin duda lo serás.]] El infante no sabia ni siquiera lo que significaba la palabra "poeta", solo reía cómplice de las locuras de ese gran viejo al cual él amaba como a su propio padre. Don Abundio Vázquez, padre de Tolomeo, era completamente diferente a su señor padre, él era un hombre trabajador, dedicado a la tierra y los animales, tenían varias hectáreas de cultivo en donde sembraban maíz, tomate, cebolla y patatas, aparte de algunos árboles frutales que utilizaban para disfrute propio de la familia. Dentro de lo que era la casa, a su alrededor tenían algunos puerquitos, gallinas y un par de vacas lecheras. Tolomeo era el mediano de la familia, el mayor de sus hermanos se llamaba Octavio, le seguía su hermana Anastasia y después Andrea, luego seguía Tolomeo, Jacinto y por ultimo Raquel. La señora de la casa se dedicaba única y exclusivamente a las tareas domesticas. La madre de Tolomeo era una mujer pasiva, de carácter dócil, pocas veces se enojaba por algo y le tenía un profundo respeto aparte de muchas consideraciones al jefe de la casa, don Abundio Vázquez.

El pequeño Tolomeo ayuda a su respetado padre en las labores del campo, eso si, sin faltar a su escuela primaria, la única escuela de Chinacates, ese lugar era casi sagrado para los niños que iban con el verdadero deseo de aprender, de saber leer; los que realmente querían ser diferentes cuando llegasen a ser grandes, ahí, Panchito López, amigo de Tolomeo soñaba con ser bombero, Gertrudis cabeza de Vaca se idealizaba como doctora, y así... todos tenían un sueño en común, en ser grandes hombres y mujeres del futuro. De eso tenia mucha culpa la maestra, la única mujer de la institución que daba cátedras en ese humilde salón de clases llamado escuela. El nombre de la tutora era Dora Jiménez de la Cascada, un apellido poco común, por lo que le costaba la burla de varios de los estudiantes he incluso de algunos mayores, pues al escuchar "de la Cascada" no podían evitar el soltar la carcajada o sonrojarse al tener que aguantar la respiración temiendo soltar una risotada. A la maestra eso realmente no le importaba gran cosa pues ella amaba su trabajo y lo hacia entregada de cuerpo y alma a la educación de sus pequeñines, sabia perfectamente que de ese numeroso grupo de estudiantes tendrían que salir unos cuantos con aspiraciones a superarse en la vida. En realidad no se equivocaba, de los tantos estudiantes Tolomeo Vásquez Moreno seria uno de ellos.

II

El tiempo paso y Tolomeo termino su sexto año de primaria, durante todos esos inolvidables años la maestra se había encargado de inyectar en Tolomeo el gusto por la literatura, algo que incluso ella ignoraba pero a la vez presentía ya que el niño era el único en poner una atención a la clase de español y literatura fuera de lo inusual. La mayoría de los demás compañeros apenas salían de la clase y aventaban los libros y cuadernos y corrían como chivas sin mecate a corretear a las gallinas, cerditos y todo lo que se les pusiera frente a ellos, algunos jugaban a los indios y vaqueros, simulando que alguna ramita encontrada por ahí fuera el arma mortífera, las niñas se entretenían idealizando ser amas de casa; Tolomeo sin embargo se sentaba debajo de un gran sauce llorón y se ponía a leer la biografía de los grandes hombres de la historia mexicana. Admiraba sus hazañas, su vida, sus romances, sus heroicas aventuras. También se empapaba de las leyendas aztecas, la mitología griega, pero sobre todo con los hermosos poemas de Sor Juana Inés de la Cruz, Manuel Acuña, Ramón López Velarde, Amado Nervo, Efraín Huerta, etc.; unas horas mas tarde el padre de Tolomeo fue a buscarlo al árbol, sabia que cada tarde lo encontraría ahí sin falta. Su hijo era diferente a los demás niños y eso le preocupaba de gran manera, los consejos no se hacían esperar cada vez que su paciencia se agotaba.

----- Mire mijo, la escuela es importante, no le voy a decir que no, pero aquí… en este polvoriento rancho no le va a servir de mucho,

aquí se trabaja la tierra, los animales, la escuela no le va a servir de nada, hágame caso mi niño, se lo dice su padre que a vivido mucho y sabe mas de la vida que uste pues.----
Tolito solo lo escuchaba con respeto y sin contestar una sola palabra se levantaba de aquel lugar que había elegido como su refugio y empezaba a caminar de la mano de su progenitor. De alguna manera tal vez indirecta las locuras y ocurrencias de su abuelo se habían encargado de contagiarlo, el subconsciente de aquel niñito había hecho efecto metiéndole la curiosidad innata al pequeño Tolomeo.

Tolomeo trataba de ayudar a su respetado padre a hacer las labores, le ayudaba en lo que podía, sembraba y alimentaba a los animalitos cada día, por las mañanas muy temprano se levantaba a ordenar las dos vacas que tenia la familia, recogía los blanquillos. Por las tardes trababa de distraerse jugando béisbol o basket ball con los demás jovencitos del poblado. De cualquier forma Tolomeo sentía que le faltaba algo, su realización como individuo no era solo alimentar animales de granja, sembrar hortalizas y recoger elotes y demás verduras. El joven quería seguir estudiando, soñaba con ser escritor.
-----¿!Queeeee!?----- Se escucho un sonoro y fuerte rugido del padre cuando se entero que su hijo quería llegar a ser escritor. ----- ¿Te has vuelto loco muchacho?, los escritores se mueren de hambre, son una bola de huevones que solo se la pasan sentadotes, pensando que tarugadas poner o inventar.
Tolomeo solo bajo la cabeza sin contestar ni una sola palabra, el respeto que le tenía a su señor padre era mucho, no se atrevía a mirarlo a la cara. Aun así, los deseos de seguir estudiando seguían viento en popa. De alguna manera él haría su sueño realidad, nada lo podía convencer de lo contrario.

El joven periodista escuchaba absorto la historia relatada por aquel gran hombre de lucha, no quería que nada lo perturbara, su pequeña grabadora fijaba los sonidos que salían de los labios de aquel artista. El rompope de Godoy estaba casi integro, la platica era tan emocionante que se le había olvidado succionar la suculenta malteada. El narrador siguió contando su increíble historia de tenacidad. La esposa de Tolomeo se había perdido junto a la niña indígena a la entrada de la fuete de sodas. Los dos hombres prosiguieron con su interesante charla.

Cuando Tolomeo cumplió los quince años de edad se sentía grande para tomar decisiones por su cuenta, el deseo ferviente de superarse e ir a la escuela para continuar sus estudios lo hacia divagar despierto, de vez en cuando mandaba encargar libros con don chetos, el de la tiendita, este hombre iba a la ciudad de Durango a surtir su tienda de abarrotes cada mes, cuando él no podía ir, mandaba a alguno de sus hijos con la camioneta Chevrolet del año 1969. Generalmente Tolomeo le encargaba un libro cada tres o cuatro meses, así tuvo la oportunidad de leer a los grandes escritores de México y Latinoamérica, también a los clásicos que la maestra le llego a enseñar en la escuela; Lorca, Jiménez, Amado Nervo, Miguel Hernández, Octavio Paz y muchos mas que pasaban por sus manos para él nutrirse de conocimientos. Algunas veces su espíritu llegaba a decaer, moralmente se desmoralizaba su semblante al ver que era él único en ese pueblo que le gustaba la literatura y la escritura, todos tenían aspiraciones diferentes, la mayoría no llegaban tan lejos. Algunos hasta llegaban a pensar que Tolomeo era un niño anormal, un poco chiflado, loquito; en muchas ocasiones llego ser la burla de los demás niños. Le apodaban el soñador, el poeta, y demás sobrenombres hirientes, no tanto para él, sino para él padre de Tolomeo, pues cada vez que escuchaba las burlas de los mocosos del rancho hacia rabietas y se metía a la casa echando de madres, relámpagos y centellas. A Tolomeo simplemente las burlas se le resbalaban como la mantequilla al pan caliente, para él simplemente eran una bola de chiquillos ignorantes que no estaban a su altura en cuestiones intelectuales.

La vida seguía su misma rutina. La mayoría de la familia se había acostumbrado a las actividades de Tolomeo, algunos de ellos, como su madre veían con buenos ojos el que su hijo fuera diferente a los demás, sus hermanos y hermanas lo veía con cierto respeto pues el hecho de que le gustara leer lo ponía por encima de los demás, para Tolomeo esas eran simples tonteras, el hecho de que le gustaran los libros no lo hacia sentirse superior a nadie. Mucho menos a los de su propia casa que él tanto quería. Cuando no estaba leyendo debajo de su árbol favorito, se iba con algunos de sus amigos a tirar piedras al río, platicaban un poco de todo, recordaban a los demás compañeros de la escuela, a la maestra, las travesuras que llegaron a hacer en complicidad, los pleitos que tuvieron con otros alumnos de diferentes grados; tantos recuerdos, nostalgias inacabadas, sueños de amores efímeros y pasajeros, platónicos y superficiales. Tolomeo recordaba con avidez cuando sintió el amor por vez primera, estaba en cuarto de primaria, había una niña de otro salón llamada Cecilia, nunca supo su apellido, solo la recordaba como Cecilia, era morena clara de ojos grandes, siempre llevaba trenzas que su mamá le tejía cada mañana. El solo verla le provocaba cosquillas en el estomago. Fue un caprichillo pasajero, a los pocos meses Cecilia no le provocaba absolutamente nada, la infancia y la inmadurez se encargaron de que eso pasara con rapidez.

Dice el dicho que tanto va el cántaro al agua hasta que se rompe, cuando Tolomeo cumplió sus dieciséis años de edad sus padres lo mandaron a que continuara sus estudios en la capital mexicana, la gran urbe, esa metrópolis donde la acumulación de gente es impresionante. Su madre le lloro a Tolomeo como si se hubiese muerto, él padre le organizo una fiesta de despedida, todo el pueblo de Chinacates esta invitado al gran agasajo que se llevaría a cabo el día sábado, todo para celebrar al joven escritor. La celebración se hizo en grande, se llevaron a una banda para que amenizara la fiesta y todos disfrutaran con la música, se sacrificaron diez gallinas, dos puerquitos y una chiva por si alguien se quedaba con hambre.

Cuando dijo eso, Godoy no pudo evitar el soltar la carcajada, se imaginaba un cuadro mental de todos esos animales convertidos en chile rojo, verde y aparte un chivo para saciar a todos los gorrones que fueran pretendiendo despedir a Tolomeo. El poeta no le tomo importancia a la burla del joven periodista pues sabia él mismo que lo que estaba platicando era un tema chusco para cualquiera. El reportero volteo el rostro para un lado y fingió que estaba tosiendo. El artista pauso por un momento su conversación y le aclaro que no tenía que fingir la tosedera.

----- Puede reírse con toda confianza joven, no se preocupe que no me molesta en lo más mínimo.---- Godoy se puso rojo como un tomate y se vio forzado a pedirle una disculpa y que continuara con su interesante historia.
----- Pues como le estaba contando...----- siguió él poeta contando su propia biografía.
----- Cuando llegué a la capital mexicana, el famoso Distrito Federal, ahí estaba ya mi tía esperando por mí, con una sonrisa de oreja a oreja. Tenía mucho tiempo sin verla, de cualquier forma la reconocí al instante, no había cambiando mucho desde que se fue del rancho a trabajar a la capital junto a su esposo y mis dos primos. Vivian en una pequeña vecindad, la humildad se podía reflejar desde que uno entraba a ese lugar. Yo tenía ya dieciséis años cumplidos así que podía trabajar para no ser una carga más a esa familia, que aunque fueran parientes, de cualquier forma yo era en ese momento una boca más que ellos tendrían que alimentar. Mi padre siempre me enseño a trabajar, eso me daba algunos puntos a mi favor. De cualquier forma la vida capitalina no es nada fácil, se tiene que batallar con los peligros que envuelven una metrópolis de esa magnitud, la gente, el trafico, los secuestros, la delincuencia, esto, aquello..., las primeras semanas fue un verdadero caos, me sentía como un animalito recién salido de una jaula, no sabia defenderme, simplemente no sabia como. Mi vida en el campo era completamente distinta, por un buen tiempo añore la libertad, la tranquilidad, mi árbol preferido; aquel inolvidable amigo de muchas ramas que impaciente me esperaba cada tarde para refugiarme entre sus hojas del sol abrazador del verano, también de la lluvia. Ese amigo mudo pero con vida, no hablaba, no, pero sus mil ramas y su extenso follaje me decían... ven, aquí estoy, sígueme leyendo. Sin pensarlo y de forma intuitiva me acurrucaba entre unos de sus huecos que tenia el tronco y me ponía a leer. Pasaban las horas, para mi era cuestión de minutos. Hasta que escuchaba los gritos de alguno de mis hermanos, mi padre o mi madre. Eso se repetía vez tras vez, pocas veces jugaba.

La primera semana que llegue a la ciudad capitalina de México no paso gran cosa, estuve metido en la casa de mis familiares casi sin salir, solo acompañaba a mi tía a hacer las compras para la casa al mercado, durante el recorrido al zoco me invadía de preguntas personales de todo tipo. Quería saber que planes tenía para futuro, que deseaba estudiar y por qué. Después me platicaba historias de cuando mi papá y ella estaban chicos de edad, cuando mi señor padre tuvo su primera novia, eso me hizo reír un poco y a la vez me trajo recuerdos de mi querido viejo. Conforme me contaba de él, hacia que lo extrañara, sentía la necesidad de verlo, no solo a él, sino a todos los miembros de mi casa. Mi tía pudo notar la melancolía que estaba yo sintiendo al verme la cara, eso hizo que me cambiara la plática de golpe.

----- Y dime Tolito… ¿Que es lo que realmente quieres estudiar?.

----- No se tía, pero me gustaría ser escritor.

-----¿Escritor?.----- La tía Ludivina casi se atraganto con su misma saliva y de forma instintiva hecho un par de tosiditas abriendo un poco más los ojos. ----- Ha caray mijo, ahora si que me hiciste hasta toser. Y , ¿por qué lo de escritor? ¿De donde te surgió el deseo?.----- Ludivina, hermana menor de don Abundio quería saber mas sobre la extraña profesión que Tolomeo quería estudiar.

----- Pues no se tía, siempre me ha gustado leer, escribir, la poesía. Admiro mucho a los escritores famosos, Octavio Paz y tantos otros hombres que se han inmortalizado con la escritura, Juan Rulfo por ejemplo, me encanta la forma que tenia él para escribir.---- La mujer se puso pensativa y sin contestar una sola palabra se le quedo viendo a Tolomeo, su mirada mas que enojo reflejaba ternura, eso hizo que él muchacho se apenara un poco y desviara la mirada de su mayor. Ludivina supo de inmediato que su sobrino se había sentido un poco incomodo y le hablo un poco sobre el tema, a pesar de ella no saber mucho sobre la materia. Su intención era ayudarlo de corazón y que él tomara la mejor decisión posible, al fin y al cabo él seria el único beneficiado, nadie más que él y solo él. El consejo que le dio después se le quedo a Tolomeo muy grabado en la cabeza.

----- Pues…, esta bien Tolito, si usted quiere ser escritor, pues lo apoyaremos para que sea un buen escritor, solo que…, tiene que publicar un libro de mi vida, OK.----- Al instante se hecho a reír la tía Ludivina como una niña que acabara de hacer una travesura, para

después continuar haciendo uso de la palabra. ----- Solo que le voy a dar un consejo, y espero esta recomendación se le quede grabada, pero bien grabada en esa cabecita; por qué yo se que usted es muy listo. Para llegar a ser un escritor reconocido, tiene que estudiar mucho, sacar una carrera, ser alguien en la vida, ya una vez que lo halla conseguido, entonces tome clases de literatura, se puede especializar en licenciatura en letras por ejemplo, puede ir a prepararse a algún taller literario.---- A Tolomeo se le pusieron los ojos mas grandes y la expresión de su rostro se vio con mas motivación. ----- ¿Taller literario?. ----- Pregunto con una emoción que no pudo disimular. ----- Si, hay talleres literarios que preparan a las personas para saber escribir mejor, de ahí han surgido varios buenos poetas.
La tía Ludivina había dicho las palabras mágicas que justamente Tolomeo quería saber. Allá en el pequeño pueblo de Chinacates cuando se hubiese imaginado que existían esos lugares, allá solo se conocía la escuela primaria, la labor, la siembra, los animales, los ríos y todo lo que tuviese que ver con la vida rural de un pueblo. Las ciudades tenían muchas ventajas que los pueblos pequeños no tenían, pero también la tranquilidad que se vive en los pueblitos no se compara a nada con la violencia y el estrés de las grandes urbes.

Después de la primera semana Tolomeo fue aceptado para ingresar como nuevo estudiante a la escuela secundaria técnica numero sesenta y seis. El hecho de que tuviera los dieciséis años cumplidos lo hacia sentirse un poco incomodo ente sus demás compañeros que apenas tenían los trece cumplidos, aparte de su altura y la forma de vestir muy diferente a los capitalinos. Su apariencia demostraba ser un muchacho recién ingresado en la selva de asfalto, la gran Tenochtitlan moderna. Esa bella ciudad en donde se puede encontrar de todo, belleza, colorido, arte, amor; pero también se puede ver la tristeza de un país corrupto, la democracia pisoteada en cada calle, en cada colonia.

El primer día de clases los alumnos solo se quedaron viendo unos a otros al ver entrar a Tolomeo, a simple vista se podía ver que era de una edad mas avanzada que cualquiera de ellos; las miradas de burla y los comentarios crueles no se hicieron esperar, los cuchicheos, las risitas, los balbuceos al final del salón de clases. El joven Vásquez tímidamente se fue a sentar a una de las sillas que estaban disponibles en la parte media del aula, la mirada de Tolomeo solo se concentro en ver la butaca vacía. El maestro de forma amable lo hizo sentir en ambiente, de antemano sabia el por qué el joven ingresaba a primer año de secundaria teniendo ya dieciséis años encima, sabia muy bien que no era por reprobar materias, sino por falta de oportunidades. Ese mismo maestro les hablo de forma fuerte a sus inmaduros educandos. Les hizo saber que muchos en esta vida no tenían la oportunidad que otros muchos si tenían, la vida no siempre era justa. Había para algunos... que la vida les daba todo en charola de plata, tenían escuelas cerca, la oportunidad de superarse y ser alguien en la vida, eso era algo que la mayoría de los jóvenes nacidos y criados en ciudades tenían, los que no aprovechaban eso era por qué realmente no querían, mejor se la pasaban de vagos y traviesos por las calles y haciendo maldades. En cambio, otros muchos no tenían esas mismas ventajas, llegaban hasta la escuela elemental y de ahí no avanzaban, y no era por falta de ganas, no, se debía mas bien a la falta de recursos, a las pocas expectativas para desarrollar el intelecto en zonas marginadas por la pobreza y la falta de interés en las autoridades por impulsar la educación en nuestro país. La ignorancia se apodera de las masas sociales al no recibir el adoctrinamiento necesario, eso le conviene al gobierno, entre mas incultura tenga la gente, para ellos mejor, suena curioso y hasta contradictorio, pero es la verdad; a la gente de puestos importantes no les conviene pues saben que así harán de las suyas y seguirán haciendo por siempre. El maestro acaparo la atención de todos sus alumnos al estar echando semejante discurso, hubo incluso algunos que hasta le aplaudieron. !Bravo!, se escucharon algunas exclamaciones en el salón de clases, el catedrático alzo los brazos en señal de gracias he hizo una pequeña caravana jugando con sus alumnos. Todos se soltaron riendo ante la actuación del profesor.

Al poco tiempo Tolomeo empezó a familiarizarse con sus compañeros, aunque no eran de su edad, de cualquier forma siempre trataban de invitarlo a jugar baloncesto debido a su altura, algunas veces aceptaba de buena gana, por lo general prefería estar leyendo o estudiando las clases que tenia. Para él era un poco complicado pues habían pasado algunos años desde que salio de sexto de primaria en su querido Chinacates. A mitad de año, el ilustre jovenzuelo se había puesto al corriente con casi todas las clases, especialmente en español, arte e historia; matemáticas no era de sus preferidas pero aun así trataba de poner el máximo empeño para tratar de no quedarse atrás en la difícil materia. Casi todos los maestros que tenia en sus diferentes clases simpatizaban con la conducta de Tolomeo, era un joven responsable, educado, atento, formal y respetuoso; pocos realmente eran como él.

Pocos meses antes de que finalizara el ciclo escolar, la escuela secundaria organizo un festival de arte entre los alumnos de la institución, los primeros grados participarían con los de primero, los de segundo con otros alumnos de segundo y así sucesivamente. Después se elegiría a los ganadores de cada grado y estos competirían con los del turno vespertino hasta que saliera un solo ganador que representara a la escuela. El concurso seria de declamación. Los interesados podrían escoger cualquier poema a su gusto no importando el autor, seria tema libre, eso facilitaría mas las cosas. Tolomeo se alegro mucho y su emoción fue grande cuando supo de dicho evento, sin embargo no estaba preparado para algo así, a pesar de saber mucho de grandes poetas y literatos de la historia, no se sentía aun competente para estar en un concurso de oratoria, nunca había visto uno antes y primero quería ver y saber como eran. Su maestro de arte lo trato de estimular para que entrara a dicho concurso, sabia que Tolomeo tenía madera para orador, sabia de poesía, de literatura, podía dar el ancho en ese certamen. Aun así el joven no quiso arriesgarse a hacer el ridículo, pues su inseguridad se lo impedía. Se concreto mejor a observar cuando llegara el día y la fecha del tan añorado y esperado festival.

Uno de sus compañeros de clase, Fernando Casas de la Rosa, seria uno de los que participaría en el concurso. Se acercó un día a Tolomeo y le pregunto que poema y cual poeta elegiría él para participar. Tolomeo sin pensarlo mucho le respondió que él tal vez escogería el de Manuel Acuña, "frente a un cadáver". Fernando se

le quedo mirando y le confeso que jamás había leído ese poema, en mas, ni siquiera conocía a ese poeta.
----- Pues te recomiendo que lo busques, ese poema realmente te hace vibrar. ---- Le confeso Tolomeo con toda seguridad y confiado de lo que decía. Fernando Casas rápidamente tomo nota en uno de sus cuadernos el nombre del poeta y del poema asegurándole que lo buscaría esa misma tarde en la biblioteca. Muchos de los estudiantes sabían que ese joven pueblerino era realmente un cerebrito para la escuela y eso les daba confianza a hacerle preguntas sobre las clases, tareas y trabajos relacionados con la escuela.

La charla entre Tolomeo y el joven reportero estaba realmente acalorada cuando en eso llego la esposa del artista a intervenir, traía consigo a la niñita Huichól y a la madre también, les había invitado a comer y a tomarse una soda junto a ellos en la fuete de sodas llamada el pasaje. Eso hizo que él joven reportero despertara del trance en el que se encontraba debido a la historia tan emocionante que él poeta le contaba al periodista Godoy.
----- Mira Tolito, me traje a estos angelitos a que coman algo, de verdad me dieron mucha lastima, sabe Dios desde cuando no ingieren alimento alguno estas almas de Dios.
----- Esta bien mujer, ordénales un par de tortas de jamón o de pierna y una soda a cada una. Ahora déjame seguirle narrando mi historia al señor, me imagino que trae algo de prisa y yo ya lo estoy entreteniendo demasiado.
----- Oh no, no se preocupe por mi, es un verdadero placer el estar escuchando tan interesante y apasionada narración, por favor prosiga, se lo ruego.----- Godoy estaba realmente absorto con la vida de ese hombre. Tolomeo siguió contando sus aventuras he ignorando las dos nuevas invitadas que estaban sentadas con ellos en la mesa de aquel informal restaurante. La historia prosiguió:

El día del concurso dejaron salir a todos los estudiantes un poco mas temprano de lo habitual, la intención era que todos fueran a ver a los participantes y de esa manera les dieran todo el apoyo necesario. Algunos recitaron poemas de Amado Nervo, una niña del primero "A" declamo un hermoso poema de Gabriela Mistral. Una hora mas tarde siguió el turno de Fernando Casas, la impaciencia y los nervios se apoderaron de Tolomeo como si él mismo fuera el que tendría que declamar. El maestro de ceremonias le dio la presentación habitual igual que a todos los que ya habían pasado a la tarima. Fernando empezó a declamar de forma magistral el poema recomendado por Tolomeo, (Frente a un cadáver) del poeta nacido en Saltillo, Coahuila. Manuel Acuña. Fue un poema un poco largo, pero creo que fue el mejor, aseguro Tolomeo con la cabeza en alto y sintiendo aun orgullo por esa obra.

Después que el joven Casas hubo finalizado su espectacular declamación, Tolomeo se le acerco para felicitarlo, la forma en como lo fue desarrollando estuvo realmente profesional. Al final de todo ese circo de jueces y aplausos, gritos y chiflidos, la que gano el concurso fue una alumna de segundo grado, al parecer asistía al turno vespertino, declamo un poema anónimo que al parecer saco de la biblioteca, la originalidad hizo que los encargados de calificar le dieran el primer lugar, la decepción fue en grande para la mayoría, eso hizo que Tolomeo viera las cosas con mas realismo. Poca gente realmente sabía distinguir el buen arte. Sin embargo, eso no lo desanimo, todo lo contrario, él sabia que un simple concurso de una escuela secundaria no significaba nada. El verdadero arte estaba afuera, en otros lugares, en otros ambientes. El intelecto artístico de Tolomeo aun no se desarrollaba, sin embargo la intuición le decía que en una escuela pública y normal no avanzaría lo suficiente su sed de escritor. La mayoría de los alumnos y compañeros de la institución no les interesaba en lo más mínimo la palabra arte, mucho menos el querer saber de poetas o grandes literatos como Gabriel García Márquez, Franz Kafka, Neruda, Gabriela Mistral y otros muchos que se inmortalizaron con sus grandes novelas e historias.

El primer año de secundaria se fue volando, Tolomeo pasó sin ningún problema al grado segundo. Era un muchacho responsable, atento a los estudios, sus calificaciones no bajaban de ocho, cuando eso pasaba, se sentía frustrado, trataba de estudiar con mucho mas empeño para la próxima prueba sacando por lo general el diez de calificación. Trataba de aprovechar la oportunidad de estar en la

escuela al máximo, él sabia más que nadie que eso no lo tendría jamás en su muy querido terruño. Tanto su tía como sus primos se portaban realmente a la altura en todo, gracias a ellos él estaba realizándose como persona, gracias a ellos estaba llevando a cabo su gran anhelo, su sueño, su meta. Aun así, Tolomeo sabia perfectamente que no podía seguir siendo una carga para sus tíos, la situación financiera no les sonreía con mucha frecuencia, los trabajos que ellos tenia solo era para vivir al día, la proletaria colonia y esa humilde casita lo decía todo. De cualquier forma él no tenia complejos materialistas, él se sabia acoplar a las circunstancias. La vida de campo lo había enseñado a aprender acerca de la humildad, de llevar una vida sencilla, sin decoros, sin tanta comodidad como mucha gente de ciudad acostumbraba.
Tolomeo decidió que tal vez seria buena idea trabajar por las tardes para ayudar así un poco con la despensa del hogar, podía trabajar en alguna tienda de abarrotes, vendiendo... lo que fuera, el punto era hacer menos pesada la carga para sus tíos. Así, decidido a trabajar en lo que fuera, se salía por las tardes tratando de encontrar algo cerca de la vivienda, tampoco era su intención alejarse demasiado pues sabía que esa ciudad era monstruosa y el perderse podía ser fácil, sobre todo para él que no sabía aun lo suficiente de la gran metrópolis. No tardo mucho en encontrar un puesto para poder ayudar en la casa, no era mucho el sueldo, pero si lo suficiente para no ser una carga, al menos podría sufragar su propia comida. Cada tarde después de escuela el joven se esfumaba del pequeño departamento para hacerse hombre con el propio sudor de su frente, doña Concha lo ponía a trabajar en la parte trasera de su ferretería, el era el encargado de acomodar toda la mercancía que estuviera en desorden, hacer inventarios y también tirar las cajas vacías que solo estorbaran. Los primeros días Tolomeo salio casi muerto de cansancio, trato de disimularlo pues les había dicho a sus tíos que iba a hacer trabajos en equipo con otros compañeros de escuela, ellos le creyeron el cuento pues lo conocían y sabían que era un muchacho responsable y dedicado a los estudios totalmente.
Pero no tardaron mucho tiempo en empezar a tener sospechas que algo no estaba funcionando como era, la tía de Tolomeo lo acabo

de comprobar cuando una noche Tolomeo se le acercó mientras ella lavaba los platos sucios de la cena.

----- Tía, quiero darte algo.

----- Que pasa Tolito. ¿Que te traes ahora?.

----- Mira tía, estuve trabajando a escondidas tuyas y junte este dinerito para ayudarte a ti y a mi tío con la comida, la verdad no quiero ser una carga para ustedes.-----

La tía se le quedo viendo fijamente a los ojos mientras el agua corría cual cascada mojando los platos y vasos usados minutos antes por la familia cuando con apetito voraz habían saciado su gran hambre. Algunos de esos platos aun estaban con residuos de frijoles y chile rojo que había quedado de la comida de en la tarde. Los ojos de la tía se llenaron de agua al tiempo que la quijada y el mentón se le encogía dando a ver a todos los otros miembros de la familia que en cualquier momento podía soltar el llanto. No le quedo de otra mas que hacer un gran esfuerzo para que las lagrimas no arruinaran su maquillaje. Los demás miembros de la parentela solo se quedaron serios, en ese momento nadie se atrevió a decir palabra alguna. El tío Florencio, al que de cariño le decían "lencho", solo bajo la cabeza mirando al piso. No había duda, ese muchacho era más noble de lo que todos imaginaban. La tía Ludivina se le hecho encima dándole tremendo abrazo que casi le saco el aire. Los primos que estaban ahí presenciando toda esa obra teatral no pudieron el evitar reírse al ver la cara roja de Tolomeo enredado en los brazos de la tía.

----- A que mi niño… ahora si que nos dejo a todos sin palabras en la boca, pues. No tenia que haber hecho esto Tolito, usted llego aquí para estudiar, no para trabajar, no sea tonto mi niñito.

----- De hecho…------ Interrumpió el tío Lencho haciendo uso de la palabra. ----- Su papá nos manda dinero cada mes para sus propios gastos, o sea que usted realmente no es una carga.

Cuando Tolomeo se dio cuenta que su querido padre les mandaba dinero para sus gastos y de esa manera él no fuera una carga para ellos, sintió en ese momento ganas de tener a su progenitor junto a él y darle un abrazo, un beso, honrarlo como al mejor padre del mundo. Siendo así, al día siguiente renunciaría de ese trabajo.

Durante esa noche estuvo pensando en que podría hacer durante las tardes ahora que las tendría libres, se le ocurrió meterse a practicar un deporte, el problema era que los deportes no eran su fuerte. De pronto se le ocurrió buscar en el directorio lugares en donde enseñaran arte, !si! un taller literario por ejemplo.

La conversación del poeta Tolomeo estaba en todo su mas esplendido colorido ante el educado y atento reportero cuando de pronto se acercó una de las guapas meseras de la fuente de sodas (el pasaje); de forma inocente pero inoportuna quería saber si deseaban mas bebidas pues desde hace tiempo los vasos estaban vacíos y el periodista Godoy solo chupeteaba el popote tratando inútilmente de sacarle algo al fondo de copón. Cuando Godoy se dio cuenta de su descuido no le quedo de otra mas que invitar la ronda a sus distinguidos invitados, y no solo a la pareja sino también a la niñita indígena que aun seguía allí, fiel a la platica como si ella fuera parte de la historia. La esposa del artista le lanzo una sonrisa de agradecimiento al reportero dándole las gracias sin decir palabra; Godoy contesto el agradecimiento con una mueca amable mientras que el poeta esperaba impaciente para seguir contando la historia de su propia vida. Una vez servidas las bebidas, Tolomeo siguió apoderándose del ambiente y solo él era el que abría la boca para pronunciar enunciado alguno.

El escritor continúo…, pues si, esa noche tarde en reconciliar el sueño pues se me hacían largas las horas que no amanecía para empezar a investigar sobre algún taller literario y así por fin estudiar y aprender lo que era mi deseo. Al día siguiente, tan pronto como termino la escuela, me fui corriendo a la casa para tomar en mis manos el directorio telefónico y ver en donde podría encontrar el tan anhelado taller literario. Mis energías gastadas en buscar fueron en vano, tal vez la falta de conocimiento sobre el tema fue la causa a mi fracaso. Aun así no me di por vencido, por mientras seguía empapándome con esas deliciosas lecturas que tanto me entretenían cada tarde y cada fin de semana.

Tolomeo narraba de forma apasionada su interesante historia mientras Godoy, él reportero le daba pequeños sorbos a su exquisita bebida. La esposa del artista se interesaba más por hacerle cariños a la pequeña indígena que poner interés en la entrevista de su esposo.

III

La escuela secundaria en donde Tolomeo estudiaba para superarse como ser humano seguía su rutina de lunes a viernes como es lo normal en cualquier institución académica de estudios medio superiores. El muchacho seguía cosechando triunfos en sus calificaciones y ganándose la confianza de sus maestros, era uno de los mejores alumnos a pesar de su edad que obviamente era más avanzada que los jóvenes normales que segundo. A Tolomeo eso no le importaba mucho, el sabia que las circunstancias no le habían favorecido como a los demás y que a pesar del tiempo perdido estaba dispuesto en recuperarlo.

La clase de arte se le hacia algo entretenida pues el maestro les enseñaba el formidable arte de la pantomima, los trucos, la magia, la forma tan divertida y espontánea que era hablar con el cuerpo, con las manos, con los gestos de la cara.

A los pocos días de que Tolomeo buscaba sin resultado alguno, el tío lencho llego una noche después de haber cumplido con sus actividades laborales con una noticia que le daría esperanzas al joven aficionado a la escritura.

----- Mi muy estimado sobrino… te tengo una nueva, encontré un lugar en donde enseñan poesía y literatura; no esta muy lejos de aquí, si quieres podemos ir mañana a informarnos cuanto cobran por las clases y cada cuando son.

----- Me parece muy bien, gracias tío Lencho, mañana iremos, claro que si.------ Tolomeo internamente estaba que brincaba del gusto, su emoción se reflejaba a flor de piel, los ojos le brillaban, las pupilas parecían un par de estrellas a media noche, sus nervios estaban tensos antes conocer el tan anhelado y esperado lugar.

Ese día llego, y el muchacho se le hacían las horas eternas por ir a conocer el famoso lugar que le enseñaría los trucos de la poesía, la escritura artística que por generaciones ha hecho vibrar los corazones de miles de bellas mujeres a través de la historia y el mundo a sido testigo de muchos de esos sucesos tan efusivos, tan románticos, tan llenos de vida. Tolomeo estaba decidido a aprender con paciencia el complicado mundo del arte escrito; la poesía. Al salir el joven de la escuela, su tío Lencho ya estaba esperándolo para llevarlo, era un edificio situado no muy lejos de la casa, la fachada parecía mas bien casa vieja, el color azul cielo de las paredes le daba una vista pintoresca, arriba había un par de balcones y de estos colgaban maseteros con flores que le daban aun mas vista al lugar.

Al entrar estaba del lado derecho un cuarto, ese cuanto era al parecer la oficina. Una mujer joven y con una sonrisa que inspiraba confianza les dio la bienvenida de forma calurosa he incluso ofreciéndoles algo para tomar. El par de curiosos aceptaron un vaso con agua pues el calor que hacia afuera era insoportable, Tolomeo bebió el agua como si fuese lo mejor que le hubiesen dado en todo ese día mientras que el tío... de forma mas educada le daba pequeños tragos a la suculenta y refrescante bebida. La introducción fue rápida y al grano, Lencho le hizo saber que su sobrino estaba interesado en tomar clases de escritura, quería ser poeta, unas clasecitas de literatura, ortografía y gramática serian la clave para que el chico se desarrollara como todo un Cervantes Saavedra vuelto a nacer. La recepcioncita trato de disimular la risa y solo se volteo para un lado fingiendo que tosía.

----- Le hablare a la persona indicada.------ Les hizo saber la señorita con gran amabilidad. Enseguida tomo el auricular y le hablo al parecer a la maestra encargada de la institución. Cinco minutos mas tarde salio una sonriente y amable señora de aparentemente unos cincuenta años de edad, se presento y les extendió la mano a cada uno

de forma amistosa y cordial. Su nombre era Margarita Ruiz Ruiz, una poetisa de gran renombre tanto nacional como internacional; tenía varios libros publicados aparte de grabaciones, el nombre de esa gran escritora se conocía hasta en la parte más distante del planeta, sus poemas se habían publicado en varios idiomas. Tolomeo cuando escucho su nombre, inmediatamente supo quién era ella, la reconoció al instante pues en una ocasión había escuchado su nombre y sabía que era una poetisa de mucho renombre. Simplemente no lo podía creer, él, frente a ese gran icono de la poesía. Sintió que el estomago le daba vueltas, la emoción se apoderaba de su persona, por un momento no sabia que decir, la lengua se le trabo a la hora de hablar. La maestra Margarita noto inmediatamente su nerviosismo y trato de no darle mucha importancia pues en más de dos ocasiones había pasado por el mismo problema con alumnos que sabían quién era ella. Aun así, la experimentada profesora le mostró confianza a su futuro aprendiz haciéndole unas cuantas preguntas personales.
------- ¿Así es que te gusta la literatura?. ----- Pregunto a Tolomeo con gran amabilidad y mostrándole una sonrisa amplia.
------- !Si!...------- Contesto el muchacho con cierto nerviosismo.
------ Y dime Tolomeo... ¿de donde eres originario?.
------ De un pequeño ranchito del estado de Durango, se llama Chinacates.
La maestra Margarita se sorprendió al escuchar de donde provenía el joven, pues pocas veces un joven de un pueblo tan pequeño daba interés por el arte, y mucho menos por la literatura. Ese detalle hizo que ella se interesara más por su nuevo alumno. Las clases empezarían el próximo lunes de cinco a siete de la tarde, de lunes a viernes. Empezaría con lo mas básico y elemental que era la ortografía, gramática, poesía, ritmo, poesía clásica, verso libre, prosa poética y otros varios modos y movimientos del arte literario. También las clases incluirían historia de la letras, modernismo, renacimiento; técnicas usadas por genios de la historia en la filología. En pocas palabras los alumnos salían dominando y listos para escribir su primer libro.

El inicio en el taller literario no fue nada fácil para el joven aprendiz, pero tenia algo a su favor; el gran interés y entusiasmo que tenia en aprender, él quería ser como los grandes literatos de la historia, que su nombre sonara, se escuchara, el ser reconocido lo emocionaba y lo reanimaba a seguir adelante. Día con día estaba ahí, aprendiendo, escribiendo, haciendo sus primeros poemas sin saber de reglas, simplemente lo que le dictaba su joven he inexperto corazón. Escribió poemas a la vida, a su madre, a su pueblo; cada poema escrito tenía que ser revisado y corregido por la pedagoga de la institución. La forma tan estricta con que la maestra Margarita enseñaba a Tolomeo era como si lo fuera curtiendo, el joven se representaba así mismo como un metal al que a base de fuego se le calienta al rojo vivo para después irle dando forma con golpes y agua, fuego y mas fuego hasta convertirlo en una hermosa y representativa espada de guerrero. Así se sentía él con tan rígida pero interesante disciplina. Pocos eran los que aguantaban tan dura enseñanza, en realidad la mayoría creía que solo era el sentarse, escuchar y escribir; que equivocados estaban la gran mayoría de esos pobres ilusos he inexpertos jovenzuelos. La maestra desde un principio vio madera en él muchacho, la chispa innata de aprender. Memorizaba de forma sorprendente poemas de antaño, los recitaba, los declamaba, los lloraba, los sentía como si fueran propios.

Hombres necios que acusáis
A la mujer, sin razón
sin ver que sois la ocasión
de lo mismo que culpáis.

Tolomeo leía una y otra vez el poema de Sor Juana Inés de la Cruz hasta aprendérselo de memoria, el gusto por la lectura y la poesía lo traía dentro de las venas, eso fue algo que atrajo a la maestra desde un principio que conoció al joven. Le recordaba vagamente su propia infancia, ella desde muy pequeña también había tenido ese mismo interés y esa dedicación, a pesar de que ella era mucho mayor que Tolomeo en edad, pero aun recordaba cuando encerrada en su habitación se ponía a leer esos mismos poemas de Sor Juana, los poetas malditos de Francia, Juan de Dios Peza y otros muchos que la tenían totalmente poseída con su gran arte.

El muchacho era sencillo y entregado a la cultura, factores muy importantes para hacer de él todo un genio en el arte de la literatura. Era realmente extraño cuando Tolomeo faltaba a una de sus clases vespertinas, en ese bendito lugar donde día con día el talento de Tolomeo salía a flor de piel, por los poros y toda extremidad que este poseía. Una tarde en que por motivos de salud no pudo ir al taller literario, la propia educadora fue personalmente al día siguiente a la casa de Tolomeo para ver si todo estaba bien, le preocupaba en gran manera que su alumno predilecto faltara y peor aun, no fuese mas a la institución. Afortunadamente todo estaba bien, debido a un ligero malestar estomacal y por culpa de unos taquitos de tripas que Tolomeo había ingerido una noche antes no había podido cumplir con sus obligaciones, pero al día siguiente estaba mas listo y preparado para ya no faltar nunca mas. Esa noticia tranquilizo a la maestra Margarita, haciendo que le prometiera que jamás volvería a ingerir tacos callejeros, pues quería ver su rostro siempre en clase. Tolomeo le tuvo que prometer que así seria, nunca volvió a comer taquitos de esa clase, aunque los puestos callejeros eran una de sus debilidades.

Con el tiempo Tolomeo fue dominando las normas básicas para poder ser un escritor, escribir poesía, etc. La maestra les otorgo a cada uno de los que estaban allí presentes que escribieran un poema libre, tema libre de lo que ellos quisieran, podían inspirarse en su infancia, en el amor, en la vida, en la patria, en un perro, en un ave, en fin; el tema era lo de menos, ellos lo escogerían, de ahí, ella escogería solo diez de los mejores poemas, la sorpresa estaba por venir, todos pensaban que era para un examen final o algo parecido. En realidad la señora Margarita pensaba hacer un libro con cada uno de los poemas seleccionados y mejor realizados, ese libro se presentaría en el mismo taller literario y frente a un selecto auditorio en donde por supuesto, no podrían faltar los padres y familiares de los alumnos. A la vez, grandes personalidades de la literatura estarían ahí para felicitar y escuchar las obras de los alumnos de dicho taller, la colaboración del director de la casa ate y la casa de la cultura se darían cita también.

Tolomeo paso varios días pensando y concentrándose en lo que iría a escribir, que tema pondría. No se le ocurría nada, su mente se quedo en cero, talvez la tensión, los nervios que le producía el simplemente pensar en escribir un tema que seria esta vez revisado de forma más rígida para un evento mayor. En su escuela seglar empezó a distraerse con facilidad, su imaginación y sus sentidos estaban puestos en otro lugar; el profesor de arte, que lo conocía bastante bien, lo abordo un día saliendo de clase.

----- Hey Tolomeo, quisiera hablar contigo por un momento. ¿Puedes esperar por favor?.

----- Claro que si profe.---- Tolomeo acepto amablemente sin hacer pregunta alguna. Al fin y al cabo, quién era él para interrogar a un maestro.

----- Mira Tolomeo.---- El catedrático empezó su platica con cierta delicadeza y como no sabiendo que palabras usar para ir al punto, trato de hacerse el chistoso mencionando el día tan caluroso que hizo, soltando una ligera risita que se dejo ver muy apenas entre su grueso bigote.

----- Tengo la camisa empapada de sudor por este calor de los mil demonios.

----- Si… hace bastante calor.----- Tolomeo correspondió a la plática afirmando que el sol había estado a punto de derretir la ciudad entera.

----- Así es Tolomeo, el gran Tonatiuh ahora si que nos ataco con fuerza.---- soltó una risotada después de haberse referido al dios sol de los aztecas. Ambos rieron sin saber con exactitud de que, pues el chascarrillo no había sido para tanto.

----- Mira Tolomeo.---- Empezó él profesor a hablar directo y sin escalas. ---- Tengo dos días observándote y me he fijado que estas un poco distraído en las clases, el primer día no le tome mucha importancia pues eso suele pasarle a cualquiera. Pero ahora te noto igual que ayer. ¿Algo te esta pasando? ¿Te podría ayudar en algo?.----

La preocupación del maestro por Tolomeo era evidente, de alguna manera él muchacho se había ganado el cariño de los maestros a pulso y con sus calificaciones demostraba ser de los mejores estudiantes de esa secundaria.

----- No... bueno... mas bien si, resulta que estoy asistiendo por las tardes a un taller literario, llevo ya unos cuantos meses y nos encargaron un poema, es tema libre, lo que yo quiera escribir. La verdad no se que escribir, no se me ocurre nada y ya lo tengo que entregar en dos días mas. La verdad no se que hacer.

----- !Con que es ese el problema!. Primeramente te felicito por esa entrega que tienes a los estudios, realmente me sorprendes. Has demostrado que tienes ganas de salir adelante en la vida y sobre todo, hacer lo que a ti te gusta, Eso lleva doble merito. Mira Tolomeo, lo que tienes que hacer es fácil, bueno, pienso que es fácil, dentro de lo que es el arte, mi fuerte es un poco la actuación y sobre todo la pantomima, pero al fin todo es arte. Piensa... piensa en algo que de verdad te llegue muy dentro del alma, algo que te inquiete, un sentimiento que no te deje dormir y lo quieras sacar de alguna manera. La poesía es un sentimiento muy propio del artista que se dedica a eso. Es palmar sus sentimientos de forma grata, de una forma artística y limpia, sin palabras sucias u obscenidades como muchos lo hacen hoy en día, disque por qué es la moda y todo va cambiando. Ya me imagino a los poetas de antes escribiendo una bola de salvajadas y barbaridades, no, tu trata de hacer las cosas bien, si te gusta la poesía, adelante, hazlo, pero hazlo bien, tú tienes madera de escritor, te he observado, te he estudiado sin que tú te des realmente cuenta. Tú puedes hacerlo. -----

Tolomeo solo lo miraba sin decir ni media palabra, se levanto del pupitre y le extendió la mano. ---- Gracias maestro, ya vera que si lo voy a hacer.----- Salio del aula con sus útiles en la mano y se perdió entre la multitud de alumnos que caminaban por el patio principal de la escuela.

Esa misma noche, cuando Tolomeo llego a la casa después de sus clases de literatura, se fue directamente a su recamara, no se presento a la mesa para cenar junto con la familia como siempre lo hacia.

La tía Ludivina con cierta extrañeza se levanto y fue a tocarle la puerta de su recamara. Pensaba que podía estar enfermo o que se había peleado, lo segundo con gran incredulidad pues el joven poeta era demasiado tranquilo como para pleitos, pero, ¿quién lo iba a saber?; solo los que lo conocían bastante bien. Se negó a cenar, estaba bastante ocupado escribiendo el poema encargado por la maestra. Lo había estado pensando mucho durante casi toda la tarde, le escribiría un poema a su abuelo, ese hombre con alma de niño que lo enseño a tener sensibilidad y amar las letras como él las amaba. Ese hombre campirano que sin saberlo, sin nunca tomar una libreta en sus manos, era un poeta nato. El arte lo llevaba en las venas y en el corazón. Que mejor manera para inspirarse, en el hombre que consideraba como su segundo padre, ese hombre que le había enseñado tantas cosas en la vida, no solo la inquietud por la literatura, sino muchas cosas del campo, de los animales, del agua, de la tierra, del viento, de la libertad que debe tener cada hombre en este mundo y hacer lo que mejor le parezca en la vida. Cada persona tiene el derecho de elegir su ruta, trazar su brecha que lo llevara a la felicidad, aunque muchas veces ese camino se confunda y nos lleve a senderos equivocados que lleven al individuo al fracaso, a la perdición de la moral, a la depresión y finalmente se conviertan en seres mediocres y conformistas.

Tolomeo cerró la puerta, la ventana que lo comunicaba al ruidoso bullicio que causaba el tráfico de la capital azteca, no permitió distracción alguna. Se quería concentrar, no podía, tomo una fotografía que guardaba de su abuelo junto con su padre y él cuando era aun un niñito. La vio por varios minutos, empezó a recordar a su querido abuelito, la sensibilidad y los gratos recuerdos empezaron a surtir efecto en la mente del joven. Tolomeo… lloro; las lágrimas le recorrían el rostro y silenciosamente el muchacho entro en un estado depresivo temporal. Las ideas se le venían una tras otra y el bolígrafo junto con la libreta empezó a hacer magia. Tolomeo escribió un poema digno de cualquier maestro, los sentimientos mezclados con la gran enseñanza que le había dado la maestra Margarita habían hecho efecto.

Ay maestro de cabellos blancos,
son tus recuerdos
que guardo en mi aljibe...
y cual flechas lanzo al infinito
para beber tus recuerdos...
mi muy amado abuelito.

Al día siguiente Tolomeo se llevo su escrito a la escuela seglar, su propósito era el enseñárselo al profesor de arte para que le diera una opinión sobre su trabajo. El joven le había tomado suficiente confianza para mostrarle su poema, esa suerte no la tenía ni siquiera la propia tía. El maestro al terminar de leer el poema de Tolomeo se le quedo viendo fijamente sin decirle palabra alguna, fueron segundos en los que él catedrático no le quito la mirada de encima. No había duda alguna, la impresión del maestro fue clara.
----- De verdad te felicito y me ciento sumamente orgulloso de que seas mi alumno. Este poema esta realmente bello, si tu abuelo lo leyera estaría de acuerdo conmigo, eres un gran poeta jovencito.----- El maestro le extendió la mano a Tolomeo para estrechársela y felicitarlo por ese gran escrito.

Tolomeo le correspondió el saludo y a la vez sus pómulos se le sonrojaron con cierta timidez y nerviosismo. Era evidente que la alegría del joven escritor salía a flor de piel. Era una garantía casi asegurada que su poema le gustaría también a la maestra del taller literario. Esa mañana se le hizo casi eterna a Tolomeo, no podía esperar mas, la clase de historia, la que él tanto disfrutaba, casi no le puso atención. Su mente estaba puesta en el taller de literatura, lo que le diría la maestra, su rostro, su expresión facial, quería verla, escucharla. Por fin la tan anhelada hora de salida llego, Tolomeo casi salio corriendo de la escuela, a pesar de su madurez en comparación con los demás alumnos, seguía siendo dentro de si, un niño, una criatura en pleno desarrollo tanto físico como emocional y psicológico.

Al llegar a casa, su tía Ludivina lo esperaba con un delicioso plato con chiles rellenos y sopa de arroz a un lado, una bebida preparada especialmente por ella que consistía de zanahorias y apio fresco. Las tortillas estaban también recién sacadas de la maquina, calientitas y listas para ingerir. Tolomeo, a pesar de su gran emoción por el dichoso poema, no pudo evitar el que la boca se le hiciera agua por el hambre que traía consigo, se sentó a la mesa y empezó a comer con gran avidez. Tomaba una tortilla y le ponía un chile relleno con un poco de arroz y convertía esa delicia en un suculento y apetitoso taco, muy al estilo mexicano. Casi se atragantaba por la rapidez en que engullía sus sagrados alimentos.

----- Tranquilo Tolito, tranquilo. ¿Cual es la prisa?. Come despacio, disfruta la comida que gracias a Dios no se va a acabar.----- La tía le dijo eso pues estaba asombrada de que comiera de esa manera.

----- No es eso tía.----- Tolomeo respondió con la boca llena aun del taco que en ese momento estaba ingiriendo. ----- Lo que pasa es que tu comida esta riquísima y ahora salí de la escuela con mucha hambre.----- La tía solo sonrío y disimulo no poner mucha atención a lo que le había dicho.

----- A que muchachitos.----

Tan pronto hubo acabado de comer, se levanto de la mesa y se fue a su cuarto, quería leer y volver a leer el poema que le había dedicado a su muy querido abuelo. Por un momento pensó en enseñárselo a sus tíos pero pensó que aun no era el momento para darles la sorpresa, quería que saliera publicado en el libro y entonces si, se los llevaría a la familia para juntos celebrar el hecho de que su primer poema saliera publicado en un libro.

----- Maestra, aquí esta el poema que nos encargo.

----- Muy bien Tolomeo, ahora era el último día para entregar sus poemas, me da gusto que tú también hayas cumplido.

----- Si maestra, me dio un poco de trabajo, pero aquí esta.

Tolomeo esperaba que la educadora lo leyera en ese momento, pero no fue así. Solo lo puso dentro de su portafolio con los demás poemas de los compañeros de clase y continuo impartiendo su trabajo, el enseñar a los alumnos sobre las letras.

Unos días después de que todos hubiesen entregado sus respectivos poemas, la señora Margarita dio los resultados, según su criterio y experiencia como profesional en el ramo.
----- Me gustaron todos los poemas escritos por ustedes, realmente eran bellos, me siento muy orgullosa de que estén avanzando tan bien y hayan puesto en practica las reglas fundamentales y técnicas para escribir un poema. La poesía es un arte, y como arte tiene que llevar belleza, delicadeza, elegancia pero sobre todo… sentimiento; los poetas reflejan sus sentimientos por medio de la escritura.

Todos guardaban absoluto silencio ante aquellas palabras llenas de sabiduría y gran verdad. Al terminar la clase la maestra le pidió a Tolomeo que por favor se quedara un momento para poder hablar con él. Tolomeo acepto de buena gana, ignoraba lo que le fuera a decir.
------ Me da gusto y de verdad te felicito; pude ver que ese poema lo hiciste con el corazón. Me gusto mucho y te apoyo, te doy ánimos a seguir así, nunca te rindas, tienes un potencial natural para escribir.
------ Gracias maestra.----- Tolomeo salio del aula y se dirigió a su casa pensando en esas palabras de aliento que sin usar tanta saliva le habían dicho mucho mas que todo un discurso. La diplomacia que esa mujer usaba cada vez que hablaba le agradaba al joven poeta, él también quería usar ese tipo de lenguaje, un vocabulario fino, pulcro, amable, sencillo, pero a la vez culto. Con el tiempo, Tolomeo se adapto perfectamente con sus compañeros de clases vespertinas, la mayoría de los estudiantes eran personas con las mismas inquietudes que él.

El momento tan esperado por todos llego, la presentación del tan anhelado libro con la colaboración de todos los estudiantes estaba presente. La ceremonia estaba realmente a la altura de las circunstancias, estaba también el director del arte y la cultura del Distrito Federal, la profesora de arte literario de la colonia Nexzahualcoyolt, la poetisa Patricia Ramos de la Tijera. Además de funcionarios de la cultura del estado de México. Para Tolomeo los personajes mas importantes que podían estar ahí, eran sus dos tíos y sus primos que se encontraban entre la audiencia presenciando la presentación del libro que se llamo, "poemas selectos de quince poetas". Los quince poetas obviamente eran los estudiantes del taller literario.

El poeta Tolomeo estaba narrando de forma apasionada y melancólica su historia cuando Godoy, el periodista lo interrumpió con una pregunta.

----- A partir de que publico su primer poema en ese libro. ¿Cuando y cuanto tiempo pasó para que usted editara su propio libro?

El poeta se le quedo mirando fijamente y el silencio se hizo presente por un par de segundos, la niñita indígena por mientras saboreaba otro delicioso rompope con gran avidez. Tolomeo le contesto de forma educada y con una calma asombrosa.

----- Déme un poquito mas de tiempo, para allá voy.---- continuo haciendo uso de la palabra y una vez mas el famoso pasaje se transformo en aquella colonia, aquella escuela, aquel barrio en donde el novato escritor se desarrollaba como aprendiz de brujo.

IV

El tiempo se fue literalmente volando, cuando Godoy vio su reloj de pulsera, ya habían pasado casi ocho horas platicando y escuchando las interesantes hazañas de aquel hombre que de forma humilde he inocente le contaba con lujo de detalles sobre su propia vida. Tolomeo noto la inquietud del periodista y usando la lógica y educación se disculpo con el reportero por haber abusado de su tiempo y espacio.

----- Discúlpeme por favor, la verdad que me emocione tanto en recordar tantas cosas ya pasadas de mi vida que no me di cuenta que ya es tardísimo. Me imagino que usted ha de tener muchas otras entrevistas que hacer, incluso a gente mas importante que yo, no a un simple escritor de poemas que poca gente valora hoy en día.

----- ¿Por qué dice usted eso?.----- Godoy lo vio desconcertado por aquellas palabras que salían de la boca de aquel hombre al que él consideraba una persona culta he intelectual. Tolomeo se quedo serio por un momento, pensativo, después reacciono.

---- No se crea, es solo un comentario sin importancia. De cualquier forma, si gusta aquí le dejamos, como se lo dije anteriormente, ya es un poco tarde y usted a de tener cosas que atender en su trabajo.

----- ¿Cuanto tiempo se va a estar en esta ciudad?.

----- Tal vez nos regresemos a la capital pasado mañana. No lo se aun.

----- Que le parece si aquí le paramos a la entrevista y mañana me sigue contando su interesante biografía. Por favor, seria imperdonable para mi profesión he incluso para mi mismo el perderme esta vida tan interesante.
----- ¿Mañana a que horas?.
----- Que le parece a medio día, yo los invito a comer. ¿Que restaurante le gustaría?.
---- Me da igual. Escoja usted alguno.
---- ¿Le gustaría en el restaurante la fogata?.
---- Suena bien. ¿Por donde esta el dichoso changarro?.
---- ¿Changarro?. La fogata es un lugar de clase y con una comida excelente, de lo mejor que tenemos en Durango.
---- Bueno, ¿pues que le parece mañana a las 2:30 de la tarde?
---- Perfecto, estaré puntual esperándolo.
Después de eso Godoy se levanto de la mesa y tomando su libreta de apuntes y demás cosas personales, salio del lugar con cierta prisa como si tuviera de verdad cosas mas importantes que hacer. La pareja también, después de haber pagado la cuenta, salieron tomados de la mano, disfrutando la avenida cinco de febrero, disfrutando de los edificios coloniales y sus muchos negocios pintorescos y clásicos de cualquier ciudad mexicana que le dan vida y riqueza a la cultura mexicana, Durango, al igual que muchas ciudades del norte es rica en historia, sus edificios coloniales son una muestra de tal hermosura y pasado.

---- Que pasó mi estimado Godoy. ¿Fuiste a hacer una entrevista o aprender de poesía?
---- Se me hizo un poco tarde jefe, pero no sabe la información que estoy consiguiendo del poeta ese. De primera.
---- Bueno, espero y así sea. Pero, ¿ya terminaste… o no?.
---- En realidad… apenas voy a la mitad de la entrevista.
---- Caray, pues te estará contando toda su vida con lujo de detalles.
---- Pues… si. Me esta redactando, por así decirlo, su propia biografía.

Al director del periódico se le abrieron más los ojos cuando su empleado le dijo tal revelación.
---- ¿Que dijiste?.
---- Eso, que me esta contando su vida de PE a PA.
---- No lo puedo creer, es la primera vez que un reporteo logra sacarle su vida a ese hombre.
---- ¿Y a que no sabe de donde es el señor Tolomeo?.
---- Chilango, por supuesto, se muy bien que allá radica.
Godoy le contesto con un rotundo y prolongado no.
---- ¿No? ¿De donde pues?
---- De aquí, del meritito Durango.
---- !Oye!, eso si que es interesante, no sabia que nuestro querido Estado tuviera tan semejante joya de la literatura.
---- A mi también me sorprendió mucho, no lo voy a negar.
---- Bueno, bueno muchacho, te felicito y mañana le sigues sacando la sopa de su vida. Por ahora quiero que vallas a cubrir un evento que tendrá el instituto de música juvenil de la ciudad.
---- Si señor, salgo volando para allá.

Al día siguiente, Godoy Ramos se preparaba aun dentro de su casa para enfrentarse con otro desafió, una jornada mas. Godoy consideraba cada tiempo como nuevos retos que vencer, nunca se sabe lo que te acontecerá, muchas personas despiertan por las mañanas, salen a la calle y no regresan más. Por eso siempre recordaba una frase, "muerte, día a día me entrego a ti". Que tan ciertas eran esas palabras, nunca se sabe cuando nos toque irnos de este mundo. De cualquier forma, él muchacho estaba de la mejor forma tratando de hacer con su vida lo mejor, tenia positivismo, alegría, agallas, coraje, valor, y sobre todo… amor a la vida. Durante la mañana, el reportero cubrió algunas entrevistas con personalidades de la política, la farándula local, una cantante que se presentaría para la fiesta a las madres que organizaba una institución independiente. Su máxima preocupación era el estar a tiempo para la entrevista inconclusa con el poeta Tolomeo Vázquez Moreno. La cita ya había sido formalmente puesta desde un día antes, de ninguna manera podía quedar mal. Durante la mañana, se desayuno algo ligero para hacerle un hueco al estomago y así tener apetito para la hora de comer, él mas que nadie sabia que ese restaurante no era del todo barato, y si iba a pagar pues que valiera la pena.

Cuando llego a la fogata, Tolomeo y su esposa ya estaban sentados y con una silla extra para cuando llegara el periodista. Eso sorprendió un poco a Godoy pues trato de llegar un poco antes que ellos, lamentablemente no pudo y la pareja tomo ventaja. Tolomeo saboreaba un vino de mesa y un asadero flameado con tortillas hechas a mano. La esposa fiel del poeta solo disfrutaba un flan, parecía una niñita que saborea un dulce con una avidez y golocidad tremenda, le daba pequeñas mordiditas como queriendo nunca se le acabara. En la mesa de al lado, estaba una familia un tanto curiosa, pareciera que supieran quién era el personaje que estaba sentado junto a ellos, pero no se animaban a levantarse y preguntar nada, mucho menos a sacarle platica, la vergüenza se los impedía. Solo se cuchicheaba uno al otro y se escuchaba murmullos difíciles de captar. La mirada solo la tenían clavada en la pareja, pudiera ser que fuera también por el morbo que causaba la señora de Vázquez, pues realmente daba la impresión de ser una chiquilla en el cuerpo de una mujer adulta.
Godoy se acercó a la mesa saludando a la dama, su caballerosidad innata salio a flote y que mejor momento para hacerlo; después saludo respetuosamente al protagónico de su próximo reportaje periodístico. Tolomeo le brindo asiento con la mano derecha.
---- Por favor, tome asiento joven ilustre.---- Godoy hecho una pequeña sonrisa cuando escucho la palabra de (ilustre).
---- Gracias por lo de ilustre señor, soy solo un humilde periodista que trata de hacer lo mejor de su trabajo.
---- Y lo hace, realmente lo hace Godoy, usted llegara a ser un gran periodista.
---- Gracias señor, de verdad me acongoja con sus elogios.
---- Yo solo te digo lo que siento Godoy.
El reportero solo sonrío y bajo la mirada con el rostro sonrojado. Uno de los meseros se acerco a la mesa mostrándole a cada uno la carta para que ellos pudieran escoger un platillo. Cada uno se concentro en analizar el menú y ver que era lo que mas les podía apetecer.

Godoy de forma educada dejo que sus invitados ordenaran primero. La pareja ordeno el mismo plato para cada uno, una sopita de arroz con cabrito al lado y una ensalada. El periodista ordeno una ensalada César y como plato fuerte, unos alambres; este suculento manjar consistía en un par de agujas con carne, chile morron y cebolla, después se volvía a repetir el proceso, un pedazo de carne, otro de chile morron y otra cebolla. Godoy también ordeno traer una botella de vino de la que estaban tomando la pareja cuando él recién llego.
---- Es usted demasiado esplendido amigo mío, no tiene que molestarse tanto por darnos de lo mejor. Sospecho que esto le va a salir en un dineral.
---- No se preocupe, no es ninguna molestia, al contrario, lo hago con gusto.
---- Yo le ayudo a pagar la cuenta, creo que es lo justo.
---- No señor, con el respeto que usted me merece, yo los invite y yo pago la cuenta.
---- Gracias querido.---- Intervino la esposa de Tolomeo con la copa de vino en la mano. Acto seguido se empino la copa tomándose lo poco que le quedaba de un solo trago.
---- ¿Sabe?, ayer estuve repasando su vida, todo lo que usted me ha contado, es realmente digno de admiración la forma en como usted se ha superado y ha hecho sus logros como escritor reconocido.
---- Gracias Godoy, creo que me halagas demasiado.
Godoy saco de su mochila una pequeña grabadora para recolectar toda información que él poeta estuviera decidido a expresarle.
---- ¿Que le parece si me empieza a narrar la continuación de su interesante historia?. Ayer nos quedamos en la presentación de su primer poema publicado.
---- Es verdad, pero creo que ya te has de imaginar lo que paso después. Mejor te narrare como un día me perdí en esa monstruosa ciudad llena de carros, ruido y gente. Fue saliendo de la secundaria, unos amigos me invitaron a una fiesta para despedirnos, al fin y al cabo no los volvería a ver, ni yo a ellos, ni ellos a mi; acepte acompañarlos, la verdad no tenia mucho vigor para fiestas pues no estaba de animo, después de algunas horas lograron convencerme. La fiesta se llevo a cabo en una de las tantas colonias del Distrito Federal.

Mis tíos no muy bien estaban convencidos de darme permiso, pero creo que cedieron dármelo pues sabían que yo era un muchacho responsable y estudioso, nunca les daba problemas de ningún tipo, nunca había ido a una reunión anteriormente. Ya para ese tiempo yo tenia casi diecinueve años de edad, legalmente yo era un adulto ante todas las de la ley. Pero mentalmente seguía siendo un joven inexperto y sin mucho vivir, me había dedicado en cuerpo y alma al estudio seglar y a prepararme como escritor.

---- De modo que usted termino la escuela secundaria a los diecinueve años de edad.

---- Así es. Como se lo había expuesto anteriormente, cuando llegue a la capital a estudiar tenía dieciséis, más tres años de escuela, pues tenía los diecinueve.

---- Ya veo. Aun así, es digno de admiración.

---- Gracias.

El mesero reapareció con la charola y los platillos encima de esta, todo un profesional del malabarismo, era realmente impecable la forma en que sostenía la repisa soportando toda esa cantidad de suculentos manjares. Cada uno se puso a saborear sus platillos, y mientras Tolomeo disfrutaba con regocijo de su jugoso cabrito con verdura y yerbas de olor. La esposa de Tolomeo dio las gracias de forma educada cuando le pusieron el plato sobre la mesa, los ojos se le avivaron y no tardo mucho tiempo antes de que el tenedor se incrustara en la apetitosa carne dejando que el cuchillo rasgara la misma para que sus muelas y su paladar hicieran el resto del trabajo, se dieran gusto con el pipirin. Después de eso, Tolomeo no tardo mucho en seguir narrando sus historias, algunas veces aun con comida dentro de la boca, él seguía hablando y Godoy solo grabando y escuchando. La esposa comiendo.

Cuando Tolomeo hubo asistido a la fiesta organizada por sus demás compañeros de escuela, celebrando la despedida del ciclo escolar. Los jóvenes estaban tomándose algunas cervezas, la euforia de haber salido de secundaria y entrar próximamente a la escuela preparatoria los hacia sentirse grandes, adultos, podían hacer y deshacer como cualquier persona mayor, había incluso algunos que estaban fumando. Tomaban el cigarrillo de forma elegante pero a la vez graciosa. Las muchachas llevaban zapatillas de tacón, se habían pintado los ojos, los labios. Eran aprendices de mujeres. Tolomeo soltó una pequeña risa entre labios y se quedo pensando por unos cuantos segundos, como si estuviera reviviendo esos viejos momentos. La mirada la tenia perdida, se había quedado en trance. Después él solo volvió en si; dio un suspiro y sacudió la cabeza de forma natural hacia los lados. El tenedor lo tenia listo para introducir otro apetitoso bocadillo dentro de su belfo. Siguió con su platica y desarrollando de forma interesante el soliloquio.

La fiesta estaba en todo su apogeo, Tolomeo recordaba alguna de la música que se estaba tocando para que toda la chavalada estuviera bailando, riendo y gritando de alegría; vivían su juventud de la mejor manera, como lo hace cualquier persona con escasos dieciséis o diecisiete años encima. Ponían música variada, algunas veces rock pop, después le cambiaban a cumbias, y también algo de reguetón. Entre brincos, risas y baile; el tiempo se fue mas pronto de lo que todos se imaginaron, las diez de la noche marcaba el reloj. Tolomeo tuvo que salir de esa casa casi corriendo. Las pocas cervezas que llevaba encima hicieron su efecto pues él no estaba impuesto a tomar ningún tipo de alcohol, de hecho nunca había probado gota alguna. Se sintió un poco mareado en cuanto recibió en la cara el primer golpe de aire fresco, sintió que se quería ir de lado y por impulso se agarro de la pared para no caer al piso.

---- Dios mío. ¿Que hice?.---- Tolomeo se había dado cuenta por si solo del grabe error que había cometido, la imprudencia y la falta de madurez lo llevaron a cometer una tontería. Ahora la pregunta era: ¿como le haría para regresarse a su casa por cuenta propia? Se quedo parado por un buen rato, pensando, preocupado. Lo mas sensato seria el tomar un taxi he irse a la casa, pero… no recordaba la dirección, aparte de eso no traía dinero con él. Los amigos se lo habían pedido para completar un veinticuatro de cervezas y ahí se le fue el poco capital que traía consigo. No le quedo de otra más que empezar a caminar, tenia frío, miedo, la soledad de las calles a esas horas de la noche pueden acobardar a cualquiera, sobre todo si es una ciudad tan llena de criminalidad como la capital mexicana.

Tolomeo literalmente iba temblando, tanto de miedo como de frío. La piel la llevaba chinita, sus oídos se agudizaban con cualquier ruido que pudiera captar, sus ojos eran cual linternas en la noche, sus cinco sentidos estaban puestos al cien por ciento para actuar. La ligera borrachera había pasado debido al gran susto que llevaba encima. Quería llorar pero tampoco podía, ya no era un niño para llorar a plena calle. Alguien podía verlo y burlarse de él, entonces podrían complicársele mas las cosas. En su recorrido por algunas calles de esa gran urbe, paso por una calzada donde había mujeres en todas partes, eso le sorprendió pues a esas horas de la noche, ¿que tenían que estar haciendo tanta fémina en una calle? Poco a poco fue avanzando y observando a cada una de ellas, mientras que a la vez ellas y cada una lo observaba a él. Intrigado y bastante nervioso paso junto a varias de ellas, noto que la vestimenta que llevaban no era muy propia para una dama de respeto. Una de las mujeres se le encamino y le acario el cabello.

---- ¿A donde vas guapura?. ----- Tolomeo sintió que le cortaron la lengua de tajo, no pudo hablar, los nervios se le multiplicaron y se quedo mudo. Nunca antes ninguna mujer le había dicho o hecho eso.

---- ¿Que? ¿Te comieron la lengua los ratones?. ---- Otra de las mujeres que estaba cerca de la escena hablo por él. ---- Déjalo manita, se ve que ni es de aquí el chavalito. ¿Que no lo vez como esta de nervioso?. ---- Se acerco con Tolomeo y le dijo: ---- ¿Como te llamas hijo?.

---- Tolomeo señora.

---- ¿No eres de aquí, verdad?.

---- Si… bueno… no. Vivo aquí con mis tíos, pero en realidad no conozco la ciudad, solo algunas calles, mi escuela y el taller literario al que asisto cada tarde.

---- ¿A que escuela vas?.

---- A la secundaria técnica numero sesenta y seis.

---- ¿Y esa secundaria queda lejos de tu casa?

---- No, a unas cuantas cuadras solamente.

---- Pobre de ti, has de estar bastante asustado. Pero dime, ¿Que haces fuera de tu casa y a estas horas?.

---- Me invitaron a una fiesta pues acabo de salir de la secundaria.----
La mujer lo miro de arriba abajo con cierta incredulidad pues se veía un poco grande para haber apenas salido de la secundaria. Pero prefirió guardar discreción y no hacer ningún comentario.
---- Se donde esta esa secundaria, ¿quieres que te lleve y de ahí tú te ubicas para solo dar con tus tíos?
---- ¿De verdad lo haría señora? ¿Haría eso por mi?.
La mujer se compadeció de Tolomeo al verlo solo y desprotegido como un animalito sin dueño.
---- Si hijo, te voy a llevar a tu escuela para que puedas regresar a tu casa.
---- Gracias, muchas gracias señora. No tengo como agradecérselo.
---- Yo si se como. Quiero que te superes en la vida y saques una carrera.
Tolomeo se quedo serio, en realidad esa mujer era una perfecta desconocida para que le estuviera hablando así. No supo que decirle y solo la miro a los ojos. Después de unos segundos, afirmo con la cabeza que la promesa se la cumpliría aunque jamás volviera a saber de ella. La mujer entrecerró los ojos y lanzo una sonrisa de victoria por haber hecho que Tolomeo le cumpliera algo tan anhelado para ella.
---- Vámonos.---- Le dijo a su protector y avanzaron unas cuantas calles mas para poder tomar un taxi. En el camino, Tolomeo le pregunto por su nombre, ella solo se concreto a decirle que le llamara Lolita, pues así es como la conocían todos. El chofer del taxi solo los miraba con aparente disimulo por el espejo retrovisor y con un morbo fuera de si.
---- Llegamos a la escuela jefa, ¿que, apoco aquí?.
---- Cayese baboso, a usted no le importa.
---- !Huy! Cuanta violencia, yo nomás preguntaba. Son cuarenta pesos.
---- Ahora si Tolomeo, vamos a tu casa.
Tolomeo empezó a caminar dirección a la casa de los tíos donde estos estaban esperándolo con los nervios de punta. Al abrir la puerta el tío, se llevo tremenda impresión, casi se le cayo la quijada al verme allí parado junto a Lolita, simplemente se quedo mudo por un par de

segundos y en vez de ver al muchacho, solo la miraba a ella. Salio la tía Ludivina y la impresión fue la misma solo que ella por ser mujer se pudo controlar mas, las miradas de desconfianza no se hicieron esperar en ambos, afortunadamente Lolita intervino para poder explicar lo que había pasado.
---- No es lo que ustedes están pensando.---- Dijo la sexo servidora en un tono dulce y amable. Los tíos seguían sin decir ni media palabra. Finalmente la mujer les fue explicando lo que paso, conforme la conversación se prolongaba los tíos iban bajando sus tonos ásperos en los rostros y eso tranquilizaba un poco al joven escritor. Al final, Lolita se despidió de cada uno pues tenia que regresar a su casa, esa noche la había perdido, pero eso a ella no le había importado pues hizo algo bueno, salvar a un joven extraviado en media noche y sobre todo en calles de gran peligro. Antes de que se fuera, el tío Lencho saco de su cartera una par de billetes de cincuenta pesos cada uno y se los dio a la mujer. La bellaza había cautivado al tío, que aunque trato de disimularlo lo más que pudo, sus ojos se habían clavado en el cuerpo de diosa que tenía esa mujer. Ludivina, como toda mujer pudo captar la mirada indiscreta de su marido sobre aquella desconocida. Lo miro con ojos de gendarme y frunció la frente en señal de que abría guerra. Lencho solo le quedo hacerse el despistado ante la mirada fulminante de su esposa. Cuando Lolita hubo tomado el dinero en sus manos, se despidió de Tolomeo y de la pareja que se quedaron en la puerta de la casa viendo como la mujer se perdía entre las sombras de la noche.
---- ¿Que tanto le vez?.---- Gruño Ludivina, lanzándole una vez mas una descarga de palabras ofensivas a la dama del oficio más antiguo del mundo.
---- Nada mujer, nada.---- El buenazo de Lencho solo enconcho el lomo como las tortugas en forma de defensa. La tía Ludivina se metió dentro de la casa azotando la puerta de la recamara para segundos mas tarde abrirla y reclamarle a su sobrino quién fue el causante de la desgracia, la preocupación y ahora los celos.
---- ¿Que paso con usted muchachito?. Quiero una explicación y la quiero ya.

Tolomeo quería que la tierra se abriera y se lo tragara entero, sudaba helado, volteaba para todos los rincones de la casa esperando que apareciera un héroe, tal vez y lo salvara de una paliza segura.
---- Te debería pegar, eso es lo que te mereces Tolomeo Vázquez Moreno.---- La tía Ludivina jamás le había hablado en ese tono y mucho menos usando sus dos apellidos, era una clara señal que estaba realmente enfurecida. Después de un sermón de casi media hora, Ludivina cedió al llanto, los nervios, la rabia, la desesperación y la tristeza se habían mezclado esa noche y la única medicina, pócima o remedio eran las lagrimas, solo de esa manera podría desahogarse y calmarse un poco. Tolomeo al ver la desgracia que causo, le explico a sus tíos las razones por las que había llegado a esa hora y mas aun; el por qué la mujer esa, llamada Lolita lo había llevado hasta la casa. Después de eso, Tolomeo juro y prometió ante sus tíos, en nombre de su madre y todas las estrellas, que jamás volvería a ir a alguna fiesta y mucho menos llegar tarde a casa. Su tía lo cobijo entre sus brazos y juntos lloraron.

---- Dígame señor. ¿Cuando termino usted de estudiar en el famoso taller literario?
---- Dure exactamente cinco años estudiando. Después de eso ingrese en la universidad de literatura para prepararme en lo que seria mi carrera como Licenciado en letras.
---- Pero... ¿Como? Si usted aun estudiaba en lo que era el nivel de preparatoria.
---- Bueno, si. Termine la preparatoria y entre a la universidad.
---- Ya veo. ¿Y todo ese tiempo vivió con sus tíos?
---- Si... bueno, quiero decir, me independice cuando estaba en el tercer semestre de la universidad, me busque un pequeño departamento y me fui a vivir con una muchacha que fue novia mía.---- Cuando Tolomeo dijo eso, su esposa disfrutaba en ese preciso momento de un traguito de vino, al escuchar, la copa se detuvo en el viento, mitad de sus labios y la otra flotando, voltio de reojo y después se empino la copa para tomarse el contenido de un solo trago. Tolomeo, quién conocía a su pareja como la palma

de su mano soltó una carcajada que hizo que todos los clientes del restaurante voltearan a verlos.
---- No te preocupes mujer, fue un amor viejo y olvidado. Sabes bien que ahora tú dominas mi pobre corazón.
---- Mas te vale sinvergüenza.---- Eso provoco que Tolomeo se riera aun con más ganas contagiando al periodista.
---- Yo no se cual es la gracia, par de estupidos.---- A Godoy se le borro la sonrisa de la cara y cambio su postura, hecho una leve tosidita para el despiste. Su rostro se veía rojo como una manzana y eso le divirtió aun más al poeta que no paraba de reír como si Godoy le estuviese contando chistes.
---- Vamos hombre, hay que tener un poco de sentido del humor.----
---- Si, claro.---- Respondió él joven periodista no muy convencido del chascarrillo ya antes mencionado. Tolomeo tardo un momento para continuar con la interesante reseña acerca de su vida. Pareciera como si aquel comentario de su esposa le hubiese causado una alegría eufórica, el verla a ella tan encelada por una novia del pasado.
---- ¿En que me quede?. Ya recuerdo.---- Tolomeo continuo con su platica.

Durante el periodo que estudiaba en la preparatoria su rendimiento académico bajo un poco en comparación al que tenía en la secundaria, se relaciono mas con otra clase de jóvenes, estos nuevos amigos que encontró les gustaba más el ambiente bohemio. Eran jóvenes soñadores, un pequeño y selecto grupito de intelectuales al que Tolomeo no le costo nada conocer he identificarse desde un principio. La mayoría se relacionaba con la lectura, gustaban hablar y debatir temas de interés profundo. La pintura, las artes, la música, la política y el teatro era la conversación numero uno para ellos. También debatían problemáticas por las que pasaba el país, la delincuencia, la pornografía; después se brincaban de un tema candente para pasar a otro menos turbio y finalizar al ultimo hablando de religión en donde todos terminaban dando su punto muy personal de las creencias bíblicas, espirituales y como debería ver el hombre a Dios. En ese tiempo Tolomeo se metió más de lleno en la lectura, pero no en la seglar, en la que exigía la escuela. Se bebía los libros que hablaban de movimientos izquierdistas, la vida y filosofía de Carlos Marx, la increíble y valiente historia de Mahatma Gandi, empezó a escuchar música de John Lennon, Víctor Jara y hasta compro un par de discos del grupo el Tri de México. La poesía seguía ocupando un lugar importante en su vida, en su mente. La regaba cual flor en medio de su jardín privado, la cultivaba, la mimaba. Tolomeo para ese tiempo ya se le reconocía como a un poeta, al menos dentro del círculo de amigos que él tenia, lo llamaban "poeta", algo que lo enorgullecía y llenaba de ego su vanidad propia. Gustaba recitar de vez en cuando algunas de sus obras a sus amigos, los cuales estos las criticaban de forma constructiva o negativa, se desprendían los debates a partir de alguna obra que él leyera. También Juan Días Toledo llevaba de vez en cuando sus pinturas para mostrárselas a todos, gustaba por el arte surrealista, admiraba enormemente al difunto Dalí, estudiaba sus obras, las analizaba, las observaba, se las bebía visualmente. También en ese grupo de jóvenes artistas estaba Norma Bustos Calderón. Ella era artesana por herencia de su padre y su pasatiempo favorito era la escultura y la lectura, se sabia casi de memoria los cinco libros de Kafka y aparte gran parte de los poemas de Edgar Allan Poe. Tolomeo se identificaba mas con Norma por su gusto a los libros que con la mayoría de los demás integrantes del grupo, entre los dos se prestaban libros, se los recomendaban, se platicaban entre si de autores, etc., trataban de ser diferentes a los demás estudiantes de la preparatoria, incluso en la misma vestimenta. Tolomeo se había olvidado completamente de las ideas y costumbres de campo, de las zonas urbanas, de su muy querido Chinacates. Sus platicas ahora eran mas profundas, incluso con su misma familia, a la hora de comer o cenar, cuando todos estaban reunidos en la mesa, Tolomeo empezaba cualquier tema para iniciar una conversación, cosa que sus tíos no entendían mucho, de vez en cuando su tío Lencho le sostenía algunas conversaciones pero no siempre era el caso. Terminaba solo escuchándolo y en el peor de los casos, ignorando sus pláticas. Norma Bustos un día fue de visita a la casa de Tolomeo en donde la tía Ludivina la invito a pasar y después a comer. La tía, como toda mujer pudo observar las miradas de Norma hacia Tolomeo, este ni cuenta se daba por estar tan concentrado discutiendo sobre un tema del famoso Emiliano Zapata. La mirada penetrante de Norma sobre el poeta dejaba entre ver el amor y el interés que sentía la muchacha sobre Tolomeo, su mirada irradiaba ternura, admiración. Cualquier cosa que Tolomeo dijera, por muy tonta que fuera, esta se lo festejaba con una risa como si fuera el mejor comediante. Tolomeo no se había dado cuenta, pero Norma se derretía por él, lo admiraba, soñaba con el día en que él joven le correspondiera, quería estar en sus brazos y escuchar de sus labios poemas de Amado Nervo, de Borges, Antonio Machado, quería sentir en carne propia y vivir el poema de Lorca (la casada infiel).

> Me la lleve al río
> pensando que era mozuela,
> pero tenia marido.

Tolomeo no se había percatado del interés de Norma sobre él, la mirada hablaba por si sola, lo desnudaba, se lo comía a besos con esos ojos cafés que le brillaban cada vez que lo veía, cada vez que este le declamaba uno mas de sus poemas. No había mas publico que ella, le aplaudía, le decía que era el mejor y le daba ánimos a nunca dejar de escribir. Norma se había convertido, por así decirlo en su fan numero uno. Para un catorce de febrero ella le regalo un corazón de barro que ella misma elaboro con sus propias manos, en el regalo tenia inscrito el nombre de él y ella, al final una nota que decía: "amigos para siempre". Tolomeo recibió el regalo, lamentablemente él no le pudo regalar nada a ella pues no había tenido dinero para comprar algún obsequio, ni siquiera haberle escrito un poema, una carta, nada que le diera esperanzas a Norma de aspirar a tener algún día el amor del poeta.

El tiempo fue pasando y la joven artesana fue perdiendo la esperanza de tener algún día a Tolomeo como su novio, este no daba señas de vida hacia con ella. Norma poco a poco se fue interesando en Adolfo López, un joven serio y responsable, aparte de ser gallardo y de familia rica por abolengo. Este la cortejaba constantemente pues el interés hacia ella era más fuerte que todo deseo que él pudiese sentir por cualquier chica de esa escuela. Norma, un tanto despechada por la indiferencia de Tolomeo, empezó a salir con Adolfo. Los celos en Tolomeo empezaron a hacer efecto y comenzó a surgir una contienda entre ambos jóvenes, peleando por el amor de una mujer. Tolomeo nunca antes se había fijado en el afecto de Norma, lo sentía seguro, siempre ahí, Norma, la muchacha incondicional, la que le festejaba todo, incluso lo mas tonto. Ahora estaba saliendo con otro, ya no serian para él los afectos, las atenciones, los cuidados. Ya no habría Norma para mañana, ya no le podría decir, ni leer sus poemas, sus versos, sus pensamientos. Tolomeo la empezó a cortejar, lo que nunca antes había hecho, ahora Norma era para sus ojos la más bella, la más interesante de las mujeres en comparación a todas las de las escuela.

Un día Tolomeo vio a Norma y Adolfo caminar hacia la nevería de la esquina junto a la escuela, Adolfo aprovecho para pasarle la mano sobre el hombro de ella. A Tolomeo le entraron unos celos tremendos, corrió como animal herido y agarrandole a su contrincante la mano, se la quito de golpe sobre su amiga. Norma no pudo disimular el azoro, los ojos se le abrieron de par en par como dos grandes platos y la boca se le quedo abierta por un par de segundos. Para Adolfo eso también fue una gran sorpresa, nunca se hubieran esperado que Tolomeo reaccionara de esa manera. El instinto masculino lo hizo actuar de forma violenta, se le puso a Tolomeo de frente y levantando mas el pecho como los gallos y reclamándole que quien era él para hacerle eso. Tolomeo al igual que Adolfo se puso frente a su contrincante con la mirada fija y los ojos que lanzaban fuego, se podía sentir la respiración agitada de Tolomeo resollando frente al rostro del joven, parecía toro embravecido. Norma tratando de controlar la situación, pues cada minuto que pasaba se hacia mas tensa, se puso en medio de los dos contrincantes y lanzo un grito de guerra para callar de una vez por todas a los dos jóvenes, que mas que humanos parecían perros disputándose un hueso. Extendió los brazos separando a cada uno pues eran milímetros, sus narices chocaban entre si.

---- !Basta ya! No actúan como personas, sino más bien como animales. ¿Que es lo que te pasa Tolomeo?. Tú y yo solo somos

amigos, tú nunca me has dado a demostrar nada, aparte de una bonita amistad.
---- Yo te quiero Norma, ¿acaso nunca te diste cuenta de eso?.---- Norma enmudeció por un instante cuando Tolomeo le revelo sus sentimientos.
---- No te lo creo, siempre nos hemos visto como amigos, más que amigos, como hermanos.
---- Nunca me había atrevido a confesarte nada pues temía perderte como amiga y después ya no me hablaras.---- Adolfo durante ese tiempo solo permaneció en silencio escuchando las declaraciones de Tolomeo sobre Norma. No se atrevió a intervenir y mucho menos a reclamar nada. Quería escuchar las respuestas que le diera ella y así, salir de dudas. Adolfo estaba actuando con mucha astucia y madurez muy a pesar de la edad que tenia. Pudo captar que Norma sentía algo por Tolomeo, se podía notar, lo intuía, lo sentía. Se despidió de ella de forma amable, no sin antes ver por última vez a Tolomeo con desprecio y coraje. Tolomeo le correspondió con la misma mirada. Ambos habían marcado su territorio como un par de animales salvajes, todo por el amor de una mujer.

---- No se preocupe, yo limpio. Mire nada más, que gran descuido. La esposa de Tolomeo dejo caer la copa de vino sobre los pantalones del joven Godoy, aparentemente fue un descuido. Pero nadie mejor que Tolomeo sabían que ese "descuido" había sido perfectamente calculado. La conversación sobre la chica llamada Norma estaba de cierta manera poniendo a la señora en un estado un poco tenso. De esa manera el poeta opto mejor por cambiar el curso de la historia y hablar de algo diferente. Godoy solo se levanto de la silla en donde estaba sentado y cambio de asiento, no sin antes haber apagado su grabadora en donde estaba recolectando toda la información sobre la vida del artista.
---- No se preocupe, fue un simple accidente que le puede pasar a cualquiera.
Tolomeo estaba realmente avergonzado por la actitud un tanto infantil y a la vez grosera de su mujer. No le quedo de otra más que

pedirle una disculpa al joven periodista que en ese momento había sido victima de los celos. Empezó una vez mas su monologo haciendo hincapié de cuando publico su primer libro, esto sucedió una vez que ganara un concurso de poesía a nivel estatal en la ciudad de México. Desde ahí Tolomeo se empezó a dar a conocer surgiendo básicamente de la nada, sus poemas empezaron a conocerse y escucharse entre la comunidad de artistas y bohemios.

Meses mas tarde él joven poeta ya era reconocido por sus trabajos. Un día él director de la casa arte de Anahuac lo mando llamar para hacerle una propuesta, se trataba de una reunión de escritores y poetas en la ciudad de Nayarit. Ahí, se reunirían poetas de varias partes del mundo hispano, estaría la poeta María Sosa de Cuba, Ernesto Marrero de Colombia, Vanesa Lira de España, también estaría un representante de Venezuela, Perú, Costa rica y como invitada especial contarían con la presencia de la poetisa Argentina, Teresa Palazzo Conti. La ciudad de Nayarit estaría de manteles largos, lista para recibir a tan especiales e importantes invitados, Tolomeo representaría a México junto con otro gran poeta de la ciudad de Tabasco. El muchacho cuando escucho tan jugosa invitación no lo podía creer, la emoción fue mucha y en ese momento lo único que pudo decir fue: {claro que si, muchas gracias señor.} Literalmente se quedo mudo, la emoción fue tanta que la lengua se le trabo y no pudo articular palabra alguna. Tolomeo empezaba a volar alto. Su abuelo estaría realmente orgulloso de él.

V

---- ¿Señor? ¿Señor?. ¿Esta usted bien?.
Dentro de la emoción producida al estar recordando momentos de su vida; Tolomeo se había quedado en un estado de amnesia, se quedo callado por un par de minutos, el silencio se apodero de la mesa en donde estaban reunidos las tres personas. Pareciera como si él escritor se fuera transportando por un túnel del tiempo, un pasadizo que él solo conociera, sus recuerdos, sus alegrías, sus tristezas. Godoy se puso a observarlo mientras que Tolomeo seguía arriba de esa nube, esas nostalgias que dejan los años y el tiempo. De pronto despertó en si, y mirando al reportero le dijo: ¿En que me quede? Apenas Godoy estaba por responderle cuando él mismo recapacito y volvió a la plática.

En realidad Tolomeo tenía muchas cosas que decir, que hablar, anécdotas que podrían entretener a cualquier persona incluso por días; pero quería solo concretarse a decir lo más destacado e importante de su vida. Tolomeo continúo narrando su vida.

La reunión llevada a cabo en la ciudad bella de Tepic Nayarit se efectúo para un día dos de septiembre. La ceremonia fue realmente algo único, se ofrecieron de los mejores bocadillos habidos y por haber, a esta gala estuvo también presente el gobernador de la ciudad con su distinguida esposa. El jefe de cultura del estado de Nayarit, aparte de otras personalidades que no tiene caso mencionar, entre ellas, gorrones que nunca faltan a esos eventos. Tolomeo era uno de los más jóvenes que estaba ahí. Después de la recepción y el desayuno pasaron al foro, un teatro majestuoso en donde se leyeron algunos poemas de los invitados. La poetisa Argentina Teresa Palazzo Conti se lucio con un par de poemas bellísimos que hicieron que el público se pusiera de pie. Incluyendo a Tolomeo que no dejaba de aplaudirla pues los había declamado con una soltura, profesionalismo y estilo único. Después de eso se les llevo a dar un paseo por los lugares más bellos y destacados de la ciudad. El muchacho aprovecho para acercarse a la poetisa Argentina y tratar de conversar con ella. Era una mujer sencilla, con un carisma muy agradable, su personalidad también lo era. Tolomeo se presento con la mujer y ambos empezaron a charlar sobre la poesía, que era de hecho, la plática principal, después de su lugar de origen, de países y terminaron al final hablando un poco de la gastronomía mexicana pues la señora era fanática de los platillos regionales típicos de cada lugar. Cuando se dieron cuenta ya el día había casi finalizado y cada quién tenia que regresar a sus hoteles para el día siguiente. Se despidieron de mano prometiendo seguir la conversación temprano por la mañana.

El día siguiente los esperaba con más sorpresas y más poesía que decir y declamar, el sol resplandecía con unos rayos matutinos espectaculares y tanto Tolomeo como los demás invitados estaban más que listos, ansiosos por saber a donde ir o que conocer. La casa arte y cultura se puso de manteles largos para recibir a tan selectas personalidades. A Tolomeo se le pidió exponer uno de sus poemas, en realidad era novato en comparación a algunos de los que estaban ahí presentes, lo hizo, declamo uno de sus tantos poemas que él mismo selecciono para esa ocasión y la reacción de la gente no se hizo esperar. El propio gobernador de la bella ciudad de Tepic, se puso de pie para aplaudirle pues había sido tanta la emoción del muchacho en recitar su poema que casi hasta pareciera que fuera a soltar el llanto de un momento a otro. A Tolomeo le salio la actuación innata he interpretó su poema con una maestría única y pocas veces vista en él. El representante de Chile le dio sus felicitaciones estrechándole la mano de forma amigable y respetuosa. Tolomeo se estaba dando a conocer más allá de sus fronteras. La poetisa Teresa también se unió al grupo de personas que lo felicitaron y aprovecho para invitarlo a la reunión de escritores y poetas del mundo que se celebraría dentro de un año. La festividad se llevaría a cabo en la ciudad de Buenos Aires Argentina, estarían presentes poetas y escritores de varios países incluyendo algunos de Europa. Tolomeo acepto con gusto la invitación quedando formalmente de mantener contacto con su nueva amiga.

Por el momento, Tolomeo disfrutaba del momento, se dejaba llevar por toda esa magia, esa delicia de aires que lo hacían sentir en un ambiente al cual él siempre había querido pertenecer. Los periódicos locales dieron pronto la noticia del tan mencionado evento; la mayor parte de la población estaba enterada de todo. Tolomeo a partir de ese momento dejo de ser desapercibido. A las pocas semanas, la familia del poeta se daba por enterada en su pueblito natal Chinacates, estado de Durango. Brincaron de júbilo al saber la noticia. {!Tolito es famoso!, !Tolito es famoso!} gritaba la madre a los cuatro vientos por el pueblo entero. El padre del poeta, tratando de disimular el gusto y la gente no viera mucho su entusiasmo tomo una actitud de indiferencia. {Poeta}, dijo en un tomo un tanto burlón. ---- Espero y le sirva de algo el nombrecito, !poeta!.---- Se metió a la humilde casita y se encerró en su habitación fingiendo una vez más que no le interesaba en lo más mínimo el triunfo que su hijo conseguía en otras partes de la republica y próximamente en otras partes del mundo. Una vez en su cuarto y asegurándose nadie lo viera, apretó los puños y mirando al cielo pronuncio el nombre de su hijo con gran gusto y orgullo. El machismo le había impedido demostrar sus verdaderos sentimientos al cabeza de la familia Vázquez Moreno.

---- Tolomeo, hijo mío, no sabes lo re te orgulloso que estoy de ti chamaco de los mil demonios.

Mientras tanto, en la hermosa ciudad de Tepic, Nayarit el jubilo era en grande, los poetas y escritores celebraban la ultima noche en donde estarían reunidos por ultima vez, se firmaban libros con bellas dedicatorias, algunos de los demás invitados, que no eran ni poetas y mucho menos escritores ponían poses de intelectuales ante los demás para no pasar desapercibidos entre los concurrentes. La cultura y las frases rimbombantes era lo que mas se escuchaba entre las pláticas. Los libros, autores, biografías, frases, versos, países, ciudades, recuerdos; las conversaciones giraban en torno a cosas profundas, sencillas tal vez para otros. Tolomeo aprovecho para tener una platica por ultima vez con su amiga Argentina, la señora Teresa. Hubo una química extraordinaria pues desde ese momento la amistad se hizo fuerte a pesar de la gran distancia. Tolomeo aprovecho para obsequiarle un libro autografiado y ella prometió enviarle uno a él tan pronto llegara a Buenos Aires. La dedicatoria que Tolomeo puso en el libro decía de la siguiente manera:

Dedicado para mi buena amiga:
La señora, Teresa Palazzo Conti, gran poetisa.
Con admiración y profundo respeto de su amigo:
Tolomeo Vázquez.

La poetisa Teresa le dio las gracias de forma amable y se despidió de Tolomeo dándole un fuerte abrazo sellando así una amistad duradera.

A partir de ese momento, Tolomeo empezó a participar más de lleno en eventos culturales que tuvieran que ver con la literatura y la poesía. Incluso una vez fue llamado para ser juez de un concurso de arte escrito organizado por la SEP. En este participarían varias secundarias. Tolomeo estaba entre los invitados de honor; eso lo impulsó a publicar otro libro de poemas llamado, "la libertad de la palabra". La editorial responsable del lanzamiento de este poemario lo distribuyo por toda la republica mexicana, centro America y gran parte de Europa. El nombre de Tolomeo sonaba dentro de los cafés bohemios y gente en el ambiente cultural.

Desde hacia ya varios años, Tolomeo no visitaba su lugar de origen, su querido he inolvidable Chinacates. Un día sin pensarlo mucho, preparo una maleta, un par de libros de los que él había ya escrito, fue a la central camionera del estado de México y compro un boleto para ir a visitar a sus padres y demás familiares. La tía Ludivina se encargo de echarle algunas gorditas rellenas de carne con chile rojo para el camino, que mas hubiese dado ella por ir también a su querido he inolvidable pueblito, ese pedacito de tierra que guardaba en su corazón no importando cuantas comodidades tuviera en esa gran urbe llamada ciudad de México. Durante el camino, Tolomeo se fue charlando con el chofer de Ómnibus, un camión con toda clase de lujos marca Mercedes Benz, contaba con televisión integrada y música de fondo para todos los pasajeros, las películas eran especialmente seleccionadas para toda clase de gustos y audiencia, ahí, Tolomeo pudo disfrutar de un estreno en ingles doblado al idioma español. Al terminar la película. El chofer del lujoso trasporte deleito a sus selectos clientes con unas piezas de rock pop en español y algunas en ingles, también ponía cumbias, y hasta algo de ranchero tradicional mexicano para gustos de todo tipo. Después de unas seis horas de camino, entre platicas y risas compartidas por él poeta y él conductor de la nave; la mayor parte de la gente cayo presa del sueño y el cansancio, cediendo así a los brazos del dios del sueño, Morfeo. Más tarde, ya casi doce horas de ir por la carretera, el sol hizo su imponente presencia alumbrando así la mañana del día siguiente. La mayor parte de los pasajeros fueron despertados por una señora que vendía unas deliciosas empanadas rellenas de camote y otras de calabaza, enseguida se subió un jovencito que traía una cubeta con suculentas gorditas de harina rellenas de frijoles con queso, carne con chile rojo y carne con chile verde. A Tolomeo se le hizo agua la boca pues el apetito que traía encima era mucho, saco su billetera y compro tres de estos apetitosos bocadillos para saciar un poco el hambre que traía, un hueco enorme dentro de su estomago. Desde hace ya varias horas se había comido la comida que le puso su tía para el camino, y sin pensarlo dos veces clavo de forma intuitiva y salvaje sus dientes en esa gastronomía callejera. Faltaba solo una hora para llegar a la ciudad de Durango, de ahí, tomaría otro camión, esta vez uno mas sencillito y barato que lo llevaría hasta Chinacates. A más tardar para medio día estaría abrazando a sus padres y demás familiares, aparte de amigos. Al llegar a su ranchito querido, Tolomeo pudo notar muchos cambios, ya no era el mismo Chinacates que el había dejado, ahora lo veía mas grande, mas poblado, mas cuidado que en el pasado. De cualquier forma nunca podría olvidar su casa, ese hogar que lo había visto nacer y crecer por tantos años. Al ir recorriendo algunas de las calles, recordaba tiempos y sucesos que se marcaban en su mente, volvían cual grabación. La casa de doña Consuelo, la tiendita de don Chetos, entro a la fondita para ver a su antiguo cómplice, aquel hombre bueno y paciente que le solapaba sus travesuras cuando le encargaba libros a la capital de Durango. Don Chetos ya no estaba, era un anciano que no podía hacerse responsable de la miscelánea; ahora la atendía su hijo menor, Octaviano. Al mirar que Tolomeo entraba por la puerta de su humilde fondita, dejo de atender a una de las clientes que se encontraban ahí y salto el mostrador y le dio tremendo abrazo al artista recién llegado.

---- !Tolomeo!. Que gusto verte mi hermano, ha pasado tanto tiempo desde la última vez. Pensé que no volvería a verte. Ya todo el pueblo sabe quién eres y tus logros. Te has hecho famoso carajo, yo creo que ni vas a querer hablar.

---- Nada de eso mi amigo, nunca he dejado de ser el mismo, mis logros en la vida no tienen nada que ver con mi vida o mi forma de ser.

---- !Eso!. Así se habla mi amigo, que bueno que no has cambiado. Vamos, te invito una helada. ¿Que te parece?.

---- ¿Una que?.

---- Una cerveza hombre.

---- Ha, ya veo. Bueno... pues nos la echamos, al fin y cabo el calor lo exige.

Mientras Tolomeo y Octaviano, el hijo menor de don Chetos disfrutaban su cerveza, platicaban del pasado, del presente y de cosas que tenían que ver con Chinacates. Sin darse cuenta, el tiempo se fue volando y cuando vio el reloj, ya habían pasado casi tres horas.

---- Caray, me tengo que ir, aun no he visto a mis padres y si se dan cuenta que ya tengo aquí varias horas y no los he visto no me lo van a perdonar nunca.

Tolomeo salio de la miscelánea casi volando con todo y petacas. Llego a la casa de sus padres y toco la puerta suave y pausadamente. Se escucho el ladrido de un perro al fondo de la casa, poco a poco se escuchaba el ladrido mas y mas cerca hasta que se podía sentir

el gruñido y las garras del animal al otro lado de la puerta. A los pocos minutos se escucho una voz ordenándole a la mascota guardar silencio, pero esta continuaba haciendo ruido y cumpliendo con su trabajo de cuidar la casa. Tolomeo escucho claramente como la persona que se acercaba a la puerta daba pasos de forma parsimoniosa y sin mucho animo de atender los golpes en la puerta del visitante.
---- Cállate ya peludo.---- Tolomeo al escuchar la voz supo de inmediato que se trataba de su madre, su querida progenitora. La señora al abrir la puerta se quedo paralizada al ver de quién se trataba. Los colores se le venían y se le iban, por unos segundos se quedo muda y por instinto materno corrió y se colgó del cuello de su hijo llenándole con besos las mejillas.
---- !Hijo!. Hijito de mi vida y mi corazón. Pensé que jamás te volvería a ver.---- Acto seguido la emocionada mujer rompió en llanto sin desprenderse de su muchacho. Después lo soltó por un instante y girando la cabeza hacia adentro de la casa, grito a los demás miembros de la familia para que todos fueran a darle la bienvenida al hijo ausente, Tolomeo. El segundo en salir fue el padre, don Abundio. Miro desde lejos que era su hijo Tolomeo y apresuro el paso para poder abrazarlo. Así uno por uno empezó a darle la bienvenida y con gran regocijo cada miembro de la familia Vázquez Moreno le dieron un agasajo caluroso. Entre besos, palmadas y caricias Tolomeo se sintió querido por todos los que eran suyos. Su familia, esos seres que sin esperar nada lo amaban, esas personas que lo valoraban no importando si él fuese famoso o común como cualquier ser humano en esta tierra. Ellos lo querían por igual, ahí estaba, sentado en la mesa hablando de sus experiencias y anécdotas con sus seres queridos, todos alrededor de él lo miraban fijamente sin hacer ruido alguno. Tolomeo les relataba de cuando se perdió en la ciudad de México y una mujer de la vida alegre lo llevo hasta la casa de la tía Ludivina, también cuando entro por primera vez al taller de literatura, de sus amigos, de sus aventuras, etc. Mientras Tolomeo contaba sin que nadie le parara la boca acerca de sus vivencias en la capital azteca, su amada madre preparaba unas tortillas hechas a mano auxiliada por la menor de las mujeres, Raquel. Esta preparaba unos frijolitos con queso y un chilito recién cortado. Don Abundio

se incorporo de la silla en donde estaba sentado y cortándole la palabra a su hijo Tolomeo dio la orden de matar un cerdo para el día siguiente. La familia entera tendría fiesta, y en grande.
---- No tiene que hacer eso por mi papá, de verdad se lo agradezco.
---- No le estoy preguntando muchachito. Dije que mañana hay fiesta y va a ver pachanga. Usted podrá ser todo un escritor, y poeta y yo no se que tantas cosas, pero cuando doy una orden se cumple y usted aun sigue siendo mi hijo y yo le quiero festejar su regreso con un marranito.---- A Tolomeo no le quedo de otra mas que agradecer el gesto tan amable y lindo que tenia su padre y demás miembros de su casa con él.
---- Gracias, de verdad muchas gracias a todos. Los quiero mucho.
---- Ya pues, no te me apachurres carnal. Nosotros también te queremos y re te arto.---- Intervino Jacinto, el hermano menor de Tolomeo. Anastacia, una de sus hermanas, se puso a un lado de Tolomeo y le tomo del brazo. Tolomeo correspondió el afecto pasándole el brazo por los hombros a su hermana.

Al día siguiente, desde muy temprana hora Tolomeo fue despertado por unos gritos de dolor. Brinco de la cama y salio corriendo por la puerta de atrás que era de donde venían los quejidos. Era su padre y su hermano mayor sacrificando a un cerdo. Ya lo había matado cuando Tolomeo abrió la puerta.
---- ¿Te gusta carnal?. De aquí van a salir unos chicharrones a todo dar.
---- esta grande el guarro.
Octavio soltó una carcajada pues no supo lo que significaba la palabra guarro.
---- ¿El que?.
---- El guarro, el puerco, el cerdo, el marrano. Son sinónimos que hacen referencia a una sola cosa, en este caso al cerdo, también se dice guarro.
---- A pues si. No cabe duda que sabes mi hermanito. Aquí es simplemente un cerdo o un marrano.
En eso se escucho la voz de su madre que lo llamaba desde la cocina.

---- Vengase mijo, ya esta el desayuno servido.
---- Ándale carnal, llégale, mi jefita te ha de ver preparado un desayuno a cuerpo de rey.
---- Vénganse, vamos todos a la mesa, no quiero comer yo solo.
----- Ahorita vamos mijo, nomás terminamos de desangrar a este animal.
Tolomeo dio la media vuelta y se dirigió a la cocina sin perder mas el tiempo. Ya su mamá le tenía la mesa servida, un plato con un par de huevitos estrellados, frijoles refritos, queso rayado encima, un jamón y un pedazo de tocino al lado del plato. No podía faltar tampoco su café recién preparado con leche bronca sacada de una de sus vacas lecheras. La Clarabella, como él le había puesto desde que Tolomeo era un escuincle y el animal todavía un becerro.
---- !Que bárbara mamita!, estos platillasos valen una fortuna en cualquier restaurante de la ciudad de México. Mira nada más que delicia.
---- Te lo prepare con todo mi amor. Ya te extrañábamos muchacho, aunque no lo creas, nos haces falta.
---- Yo se mamita, yo también los he extrañado mucho a ustedes.
Al poco tiempo llego tanto el padre y el hermano mayor para unirse al desayuno.
---- Ahora si vieja, sírvenos que traemos re te harta hambre.
---- Hay voy viejo, ya tengo todo preparado.
Tanto don Abundio como Octavio empezaron a devorar todo lo que estaba servido en el plato, se podía ver claramente el apetito voraz en los dos. Don Abundio aun con comida en la boca empezó a interrogar a Tolomeo sobre sus planes a futuro y que pensaba hacer sobre su vida. Tanto la señora de la casa como Octavio solo se concretaron a guardar silencio y escuchar la platica.
---- Dime Tolomeo. ¿Que piensas seguir estudiando?.
---- Me gustaría ir a la universidad a especializarme en letras. Tal vez estudiar algo de sicología, hacer un maestrado de literatura, un doctorado, no se aun.
Don Abundio se quedo un poco pensativo, observando a su hijo mientras seguía deleitando a su paladar.
---- Y… ¿tu crees que eso te de un buen futuro?.

---- En realidad no lo hago tanto por lo económico, me gusta, lo disfruto, me apasiona, es lo que realmente deseo hacer y morir trabajando en algo que yo disfrute. ¿Que ganaría trabajando en algo que no me guste?. Podré ganar muy bien, si, pero seria un infeliz y un amargado de por vida. Quiero sentirme realizado en hacer lo que realmente me gusta.
---- Creo que Tolomeo tiene razón papá.---- Intervino Octavio. La madre de Tolomeo solo escuchaba sin pronunciar palabra alguna, cerca de la estufa, calentando tortillas para que su esposo y dos hijos siguieran disfrutando sus sagrados alimentos.
---- Bueno, Hijo mío, ya eres como quién dice un adulto y sabes lo que te conviene y lo que no.
---- Mira papá. Tal vez se te haga extraño, pero la literatura es algo apasionante, te sumerge en mundos diferentes, te lleva a lugares nunca antes vistos. Es conocer culturas, razas, gente; te educa, te hace ser diferente ante lo común de esta sociedad.
---- Tal vez tenga razón mijo, pero yo para esas cosas son un bruto bien hecho, a pesar de que mi padre fue un hombre diferente, pos nomás no se me pego nada de él.
Tolomeo se quedo pensando en su abuelo, aquel hombre de campo, sencillo, jovial que sin tener escuela le había enseñado el arte de ser poeta. Se levanto de la mesa y se salio a la parte trasera de la casa, quería ver las parcelas, el campo, los cerros a lo lejos. Empezó a caminar sin decir a donde iría. Después de un buen rato, llego al cementerio, busco entre todas esas criptas viejas y polvorientas la de su abuelo. La encontró después de unos quince minutos. Se paro frente a ella y la observo, se hincó de frente a la lapida y empezó a recordar a su querido abuelo una y otra vez. Era como si lo estuviese viendo, recordó cuando este lo alzaba en brazos y le contaba historias, le declamaba poemas que Tolomeo debido a su corta edad no comprendía. Recordó también cuando un día lo subió en sus fuertes brazos y le dijo que seria un poeta. Tolomeo no pudo resistir más y cedió a las lágrimas.
---- Si, si abuelito, soy un poeta, lo soy. Gracias a ti. Soy un poeta.

Durante gran parte del día Tolomeo decidió apartarse del bullicio, no tenia humor de hablar con nadie. La visita a la tumba de su abuelo lo había dejado un tanto deprimido y sin ganas de nada. Mas tarde una de sus hermanas lo buscaba por medio pueblo pues el marrano ya estaba en su punto y la gran mayoría de los invitados estaban listos. Andrea, su hermana mayor, lo encontró detrás de un risco, sentado, viendo hacia los horizontes, con la mirada perdida.
---- ¿Que tiene hermanito?. ¿Te pasa algo?. ¿Te puedo ayudar en algo?.
Tolomeo al sentir la presencia de su hermana se pasó la mano sobre los ojos, era claro que había estado sollozando. Andrea se sentó al lado de su hermano y lo abrazo. No le dijo nada, su basta presencia y el amor que le mostraba en ese momento eran suficiente prueba de su apoyo hacia él. Estuvieron un buen tiempo sentados los dos, juntos, sin decir nada. Tolomeo correspondió a ese amor incondicional de hermanos y dándole un beso en la mejilla se levanto estirándole la mano para ayudarla a erguirse.
---- Vamos carnalita, tengo hambre y el cerdito me llama.
Los dos empezaron a reírse como si fueran un par de chiquillos de tierna edad.

Llegando a la fiesta, los invitados esperaban impacientes la llegada del festejado. Tolomeo fue recibido con gran agasajo entre apretones de mano, abrazos y uno que otro beso de jovencitas que lo anhelaban sin que siquiera este las conociera. La mayoría de la gente de Chinacates comió hasta saciar, no falto quién llevara frijoles rancheros, tortillas recién hechas a mano, sodas, cervezas, pulque, tres chivitos, salsas, pico de gallo, nopalitos, sopa de arroz, y por supuesto el puerquito que se veía estaba a pedir de boca. Después de que todos hubieran comido hasta saciar, no faltaron los músicos improvisados que a golpe de guitarra y gritos amenizaran el baile. La pachanga se alargo hasta la salida del sol y solo las señoras de edad avanzada eran las únicas que se veían por las pequeñas calles de Chinacates, el ochenta por ciento de sus habitantes dormían placidamente para recuperarse de la desvelada. Chinacates parecía ser un pueblo fantasma. Durante los siguientes días que Tolomeo estuvo con su familia, trato de disfrutarlos al cien por ciento. Especialmente con su querida madre, sus hermanas y hermanos. Cada quién siguió haciendo su propia rutina, trabajando, que era lo que hacia la mayoría.

Cuando Tolomeo se despidió para regresarse una vez a lo que era ya su vida, en la capital de México. Todos se reunieron para despedirlo, nadie falto al pequeño lugar en donde tomaría una vez más un camión rural para que este lo llevara hasta la ciudad de Durango y de ahí, a la gran metrópolis azteca. Hubo lágrimas, algunas risas para animar tan triste despedida. Tolomeo se subió al camión y solo miraba a través del vidrio como los rostros de su familia se alejaban. Recostó la frente sobre el cristal de la ventana y juro nunca olvidaría a ninguno de ellos. Su familia.

VI

---- !Interesante!. Realmente interesante. Pero, dígame. ¿Como conoció a su esposa?.
---- La conocí en el tren. Si, fue en un viaje que hice de la ciudad de México a Guadalajara. Vera, ya estaba un poco fastidiado de andar en camiones, la central camionera ya la conocía casi de memoria. Así es que decidí viajar en tren. Tenía una convención de escritores en la ciudad de Guadalajara y ahí fue donde conocí al amor de mi vida.
---- !Caray!. Algo muy romántico señor Vásquez.
---- Si, ya lo creo. Eso me inspiro a escribir un poema. Le puse de titulo: Amor en un tren.
---- Original.
---- La verdad no se si fue original, pero si fue con amor.
Tolomeo y Dolores se conocieron y la química surgió de inmediato. El poder de la atracción hacia sus máximos efectos en ese par de jóvenes que sin saber nada estaban marcando su destino para el resto de sus vidas.
---- Disculpe señora.
---- Si joven, diga.
---- ¿Usted es oriunda de donde?.
---- Soy de la ciudad tortilla.
---- ¿Perdón?. No entiendo. ¿Que significa eso de la ciudad tortilla?.

Tanto Dolores como su esposo Tolomeo soltaron una leve risita de complicidad. Tolomeo respondió en un ferviente pedido de auxilio hacia el joven reportero.
---- En realidad ella es de Tlaxcala, solo que Tlaxcala significa tortilla en el dialecto Nahuatl.
---- Bueno, menos mal que me lo aclara. Eso si yo no lo sabia.
Godoy soltó una risa nerviosa y de vergüenza al delatar su falta de conocimiento en el ramo de la lengua Nahuatl. Tolomeo interpreto de inmediato el nerviosismo de su entrevistador y lo consoló con las palabras de: Todos los días se aprende algo nuevo.
---- Eso si.---- Respondió él periodista. Después volvió a tomar un papel de seriedad para hacer mas preguntas.
---- ¿Cuantos libros ha usted publicado en total?.
---- Alrededor de unos quince.
---- !Bastantes!. Y, ¿todos de poesía?.
---- En su mayoría, tengo un par de novelas, pero no es mi fuerte.
---- Eso no lo sabía. ¿Como se llaman sus novelas o de que tratan?.
---- Son románticas. Solo que…, creo yo, caí un poco en la cursilería con mis novelas.
---- No diga eso hombre, pero si usted es reconocido a nivel mundial como uno de los mejores poetas.
---- Usted lo ha dicho. Poeta, más no novelista.
Godoy no tuvo más que decir, por un momento enmudeció y pareciera que se le hubieran olvidado las preguntas. En eso se acercó el mesero para preguntar si todo estaba bien y si acaso querían un postre. Los tres contestaron que no como si se hubiesen puesto de acuerdo. El joven mesero solo se concreto a quitar los platos ya sucios de sobre la mesa. En eso Tolomeo lo mando llamar casi al instante de que se había retirado de ahí. Le pidió otra botella de vino tinto alegando que la plática estaba en su mero punto y eso ameritaba una buena bebida. Godoy se puso casi pálido pues no estaba seguro si su presupuesto alcanzaría para cubrir la cuenta. Tolomeo calmo sus nervios aclarándole que esa botella corría por cuenta propia a la vez que le mostraba una sonrisa malévola y jovial, tal vez seria por el alcohol ya ingerido o por la travesura de ver al periodista nervioso. En el fondo, Tolomeo parecía un chiquillo con cuerpo de adulto.

Tenía madurez por sus años de vida, su experiencia en vivir, en viajar, en conocer gente de varias culturas, pero algunas otras veces actuaba como niño. Era travieso, juguetón, le gustaba hacer bromas y reírse de cualquier insignificancia. ¿Seria este hombre realmente feliz?. La respuesta a esa pregunta estaba a punto de revelarse con la pregunta que Godoy le haría a continuación.

---- Señor Tolomeo... hemos hablado de muchas cosas en lo que refiere su carrera y gran parte de su vida, pero... ¿tuvieron ustedes hijos?.

Ambos se quedaron sin pronunciar palabra alguna, pensativos, se miraron uno al otro, y Dolores, la esposa solo bajo la cabeza sin responder nada. Godoy se mantuvo firme con la pregunta, se pudo dar cuenta que había acertado en algo delicado y profundo en la pareja de artistas. Después de esperar un poco de tiempo Tolomeo empezó a hablar. Tuvieron una solo hija, producto de su gran amor como todas las parejas de enamorados, le dieron una crianza digna, con un elevado nivel de moral. La pusieron en clases de piano desde muy temprana edad, todo se le compraba, todo se le daba. La bautizaron con el nombre de Claudia Camila Álvarez Apodaca. La niña creció con todo tipo de atenciones y cuidados, durante su infancia la criatura fue el centro de atención en la pareja. Desafortunadamente los años se van. Empieza la adolescencia y con esta nuevos retos, la rebeldía innata del ser humano se hace presente. Los niños adultos quieren y sienten comerse el mundo a mordidas, los consejos son como estorbos para su crianza, sustituyen la amistad de sus padres por nuevas compañías, jóvenes rebeldes igual que ellos. Ahora ellos son su nueva familia, las malas influencias y falsos camaradas son la amenaza numero uno para los padres. Los amigos de los hijos se convierten en los enemigos de los progenitores. Empieza una gran batalla que muchas veces lleva años para acabar. A los padres no les queda de otra más que actuar con astucia, firmeza y mucha paciencia. Cuando Claudia Camila tuvo la mayoría de edad se encapricho con un individuo de malos hábitos, sin educación alguna y falso en cada palabra que pronunciaba. Tolomeo y su esposa hicieron casi hasta lo imposible para abrirle los ojos a su hija, ellos como adultos podían ver el peligro que se avenía. La inmadurez y falta de experiencia en

Claudia la hicieron presa fácil del que ella llamaba su amor. Se junto con el individuo, al poco tiempo quedo embarazada, el desobligado padre daba muestras de sobra que no le importaban ni la criatura, ni Claudia. Se desaparecía por las noches de fin de semana para irse con otras mujeres a bailar, a fornicar, a revolcarse con cuanta falda se le ponía enfrente. Era un hombre dominante, mentiroso, tomador y mujeriego; toda una ficha, un verdadero mequetrefe, un mentecato de hombre. Claudia Camila se le veía temerosa, nerviosa, se podía notar que su embarazo había sido una equivocación, el producto ya era querido por los abuelos. Le pondrían Dolores, como la abuela. A pesar del sufrimiento causado y la gran tensión al ver a su única hija sufrir en manos de ese Patan, Tolomeo y su esposa le brindaban un apoyo incondicional a su pequeña. Los consejos dados por los progenitores de Claudia Camila se los llevaba el viento. Llego un momento en que no se pudo hacer nada. La estupidez de la muchacha no tuvo límites, se aferro de forma ciega a su verdugo, no le entraron razones de nada. Tolomeo y Dolores perdieron a su hija, esporádicamente saben de ella por medio de otra gente que les avisa como esta ella. A Tolomeo le temblaba el labio inferior al estar narrando y recordando el calvario por el que pasaron con esa hija ingrata que no supo valorar nada de lo que se le dio. La esposa del poeta solo permanecía callada, le daba unos sorbos a la copa de vino de forma exagerada, los ojos los tenia llenos de agua, el semblante caído, la vista en otro lugar. Tal vez recordando y repasando el pasado, cuando aun tenía en sus brazos a su pequeño retoño que jamás volvió.

Los poetas somos victimas de las desgracias, percibimos de forma aguda cada problema, cada sufrir, cada vergüenza, cada llanto que sale del mundo. La sensibilidad nos ha marcado desde que nacemos, somos diferentes, somos esos pobres locos que la gente ve pasar, a los que se ignora, a los que se señala como raros. A los que también se admira por sus letras, somos el cupido de las parejas, el corazón de cada pueblo, la voz de la historia.

Godoy se quedo boquiabierta con esas palabras que salían de lo mas profundo del poeta, estaba hablando el artista y el hombre

a la vez. Se podía ver a flor de piel la gran sensibilidad de ese varón que había pasado por diferentes penas, problemas. No todo había sido gozar en la vida, el periodista reconoció que los poetas sufren, tal vez hasta mas que una persona común. Godoy se compenetraba con cada palabra que salía de la boca de aquel gran caballero. Podía sentir su alegría, pero también sus tristezas.
Dolores, la esposa de Tolomeo, se levanto de la silla para dirigirse al baño del restaurante. Godoy se dio cuenta que ya había sido mas que suficiente, cambio el tema de la conversación haciéndole otra clase de preguntas referentes a su trabajo.

Cuando Tolomeo recibió un premio en la ciudad de Barcelona, España. Los periódicos locales de la ciudad de México dieron la noticia en primera plana. [!Poeta Mexicano Recibió Premio en España!]. La gente compro los periódicos para ver de quién se trataba, algunos les dio gusto y se sintieron orgullos por el artista que ponía muy en alto al país azteca con sus versos. Otros simplemente lo vieron como una noticia sin importancia. Al medio año de haber sido galardonado con ese premio, fue invitado de honor en el país de Colombia. Sus poesías se leyeron por un declamador de gran renombre en la ciudad de Barranquilla, en la universidad de la misma ciudad. Ahí se dieron cita cientos de estudiantes y amantes de la poesía, aparte de artistas, poetas y toda clase de gente que fue a deleitar sus oídos con el arte escrito. Estuvieron también otros cinco poetas de otras partes del continente Americano. Después de eso, Tolomeo y su esposa volaron a la ciudad de México pues el poeta tenia una entrevista de trabajo en la prestigiosa Universidad de México, la UNAM. Se le ofreció el puesto de catedrático en literatura e Historia. Tolomeo acepto gustoso el puesto, el sueldo era perfecto, el horario también lo era. También daba clases de historia en una secundaria del Distrito Federal, el sueldo era bajo, pero peor era nada. Cuando Tolomeo hubo firmado para impartir clases en esa Universidad. Dolores, su esposa brinco de gusto, lo lleno de besos y se lo llevo a la cama para hacer lo que todas las parejas enamoradas hacen. La celebración no termino ahí, llegada la noche se fueron los dos a la plaza Garibaldi a festejar a lo grande. A ritmo de mariachi y con unas quesadillas de flor de calabaza y otras de Huitlacoche, la pareja se regresó a su humilde vivienda para seguir haciendo ritos al dios Eros. La mañana los sorprendió desnudos y cansados de amar. Afortunadamente era día de sábado y todas las actividades escolares empezaban hasta el día lunes. Ese fin de semana Tolomeo y Dolores se la pasaron encerrados en su casa amándose una y otra vez como recién casados en luna de miel. El impartir clases en la Universidad Autónoma de México le abrió a Tolomeo las puertas para que otras importantes instituciones se fijaran en él. Unos años mas tarde, una prestigiosa institución del extranjero le mandaría una carta para cubrir la clase de Literatura Hispanoparlantes, que mejor que un poeta y escritor de prestigio y reconocido en varios países. Tolomeo acepto con gusto la oferta. Pidió permiso en la UNAM para ausentarse por un par de meses y se fue con todo y mujer a la ciudad de Austin, Texas. El maestro de planta había sufrido un accidente y la Universidad necesitaba a alguien quién lo supliera. El indicado, y candidato perfecto para ese puesto fue Tolomeo. La ciudad le acento bastante bien, Austin tiene mucha población de habla hispana y eso hacia sentir cómodo al poeta. Pronto se relaciono con los alumnos y estos con él. La ciudad le parecía cómoda, bonita, tranquila. Tolomeo y su esposa disfrutaban de los parques que esta urbe tiene, y aparte de eso, por las noches, se ponían a ver el espectáculo de murciélagos que salen de debajo de los puentes, miles y miles de estos animalitos son una atracción turística para la ciudad. Toda una maravilla del reino animal. Llego el momento en que el plazo se cumpliera y la feliz pareja tuvo que regresar a su cotidiana vida dentro de la ciudad azteca. Tolomeo volvió a la UNAM y Dolores empezó a pintar cuadros, eso fue algo que entusiasmo al poeta pues de alguna manera quería que su mujer se relacionara también con el mundo del arte. Dolores gustaba por pintar acuarelas sobre cartulinas blancas. Así, las primeras pinceladas de Dolores fueron floreros, frutas, sillas, el televisor que pocas veces era encendido en esa casa desde que su hija se fue. Después quiso hacer sus propias obras, experimentar un nuevo estilo, Dolores admiraba a la famosa Frida Kahlo, de alguna manera quería imitar su estilo, se hizo un autorretrato ella misma; cuando lo termino, fue tan grande su decepción que término el cuadro en la basura y hecho pedazos. Jamás quiso volver a pintarse ella misma.

De hecho, nunca lo volvió a hacer. Mejor pintaba paisajes, árboles, montanas, lagos, ríos, fruta y mas fruta. Dolores nunca mostró sus obras a nadie, solo a su señor esposo que las analizaba y después le daba su propia opinión. Claro, siempre pasaban pues el, de forma tierna y cariñosa, le decía que eran una joyas. {Si viviera Goya o Vangog, créeme que te copiarían el estilo.} Solía decirle a su mujer y darle un beso en la frente de forma paternal. Tolomeo era un buen esposo, era un hombre de casa, cariñoso, pocas veces se le veía de mal humor, eso si, era un bohemio de corazón. Gustaba de escuchar música mientras escribía un nuevo poema, no le gustaba que nada lo interrumpiera cuando escribía, ese momento lo quería aprovechar al máximo para hacer algo que valiera la pena. Como todo poeta, Tolomeo solía escribir vivencias, sentimientos y recuerdos.

---- Entonces, a usted todo se le fue facilitando todo para llegar hasta donde esta ahora, ¿no es así?. ---- Pregunto Godoy a su interlocutor. Este soltó una ligera risa algo sarcástica.
---- Se equivoca joven. Llegar a la cima no es fácil para nadie. Hasta ahorita le he contado tal vez lo mejor de mí, de mi carrera, de mis logros. Pero no he hablado nada de mis sufrimientos, de mis derrotas, de mis tristezas.
---- Cuénteme, por favor.---- Godoy le pidió al poeta que hablara, que dijera y expresara su lado negro de la vida. El que todos tenemos y pocos revelamos. Tolomeo se quedo por un momento pensando, la vista se le fue, veía hacia arriba pero a la vez pareciera que no veía nada. Fueron segundos tal vez, el poeta al parecer recordaba algo que lo atormentaba, quería sacarlo, quería compartirlo.
En una ocasión, un grupo de delincuentes, de la misma escuela a la que él asistía lo esperaron para golpearlo. La única razón aparente fue coraje. Celos de parte de unos de ellos pues una muchacha estaba enamorada de Tolomeo, él no lo sabia, lo supo hasta después de la paliza. Tolomeo termino en una de las camillas de la cruz roja con la camisa llena de sangre en la boca partida en dos. Esa chica se llamaba Rosa Eulene Cabrera Ríos. Era una joven agradable, seria, apartada de las demás chicas, solía juntarse con tres amigas, siempre estaban juntas, hasta para ir al baño, no se despegaban.

Rosa Eulene era blanca, era muy bonita de cara, un poco rellenita de cuerpo, pero no gorda, de cabello lacio, ojos expresivos y mirada triste. Estaba en el equipo de Valleyball de la escuela. A Tolomeo le gustaba ir a ver jugar a las muchachas pues solían usar unos shorts demasiado cortos, de hecho solo les alcanzaba a cubrir los glúteos. Rosa Eulene era tal vez, una de las que tenia mas bonitas piernas. Eso le llamaba la atención al poeta. Ella trataba de lucirse poniendo en practica sus mejores tiros y clavados a la hora de recuperar el balón. Ella pensaba que Tolomeo solo iba a verla a ella. Pero Tolomeo no estaba enterado de los sentimientos de ella para con él. De alguna manera, Tobías, uno de los porros que se juntaban a las afueras de la escuela pretendía a Rosa Eulene cual perro a la carne. Cuando se entero que el corazón de ella pertenecía a Tolomeo, juro desquitarse a como fuera lugar. Así es que de forma cobarde y vil, junto a tres mas para golpear a Tolomeo. Ellos sabían que el artista pasaba por una calle un tanto vacía, ahí estaba la oportunidad que buscaban. Al final, cuando Tolomeo estaba en el pavimento, en un charco de sangre, Tobías le dijo el por qué de la tunda. Tolomeo se levanto como pudo y se fue a su casa. Su tía Ludivina cuando lo vio entrar bañado en sangre, casi se desmaya, rápidamente pidieron un taxi y fue llevado a la cruz roja, en donde le tuvieron que cocer el labio inferior, aparte le pusieron yeso en la mano pues al parecer se la quebraron. Cuando Rosa Eulene se entero de lo que le habían hecho, fue ella misma a buscar a Tobías, llego, se le postro frente a él y le planto tremendo cachetadon que solo se vio la saliva salir volando de la boca del pusilánime de Tobías. Sin decir nada mas, se dio la media vuelta y se retiro de la escena con una dignidad única. La mirada de todos los que estaban ahí presentes le dolió más al muchacho que ni la cachetada recién recibida. Lo único que supo hacer es voltear para todas direcciones y escabullirse lo más rápido que pudo. Jamás se volvió a saber nada de ese sujeto. Una vez más quedo probada la valentía de una mujer cuando tiene coraje y sabe defender lo de ella. Un par de días después, cuando Tolomeo pudo regresar a la escuela, Rosa Eulene fue a su encuentro, quería saber como estaba, pues de alguna manera ella sentía un sentimiento de culpa por lo que le habían hecho esos perros, como lo solía decir ella misma. Rosa

Eulene y Tolomeo no llegaron a ser novios, pero si, unos muy buenos amigos. Tolomeo aun recuerda cuando fue invitado a la universidad de ciencias y estudios del arte para declamar unos poemas, ahí estaba Rosa Eulene en primera fila, aplaudiendo cada una de sus obras cuando este finalizaba. Hasta la fecha, se siguen frecuentando, no de forma seguida pues ella es una mujer ya casada y con compromisos, pero esporádicamente se ven y se saludan con gusto.

En otra ocasión, Tolomeo, mucho antes de ser un poeta reconocido, incluso, antes de ganar cualquier concurso de poesía, trato de exponer algunas de sus obras en un prestigioso periódico de la ciudad de México. El director de la institución, en cuanto vio los poemas, soltó la carcajada y lo hecho de su oficina diciéndole que no volviera. Para ese hombre, los escritos del muchacho no eran más que simple basura y nada más que basura. Sin duda alguien con muy poco conocimiento de lo que es el arte escrito. Paradójicamente, años más tarde, ese mismo hombre lo buscaba por toda la capital mexicana para que le concediera una entrevista. Tolomeo dejo soltar una simple risita que se le dibujo en los labios como un niño recordando alguna travesura del pasado. Godoy solo lo observaba mientras que ese hombre recordaba y narraba cada una de sus cientos de aventuras.

---- Recuerdo también que en una ocasión…---- Tolomeo se puso el dedo en la boca, se quedo pensando, después de una par de segundos volvió a hablar. Se trataba de una anécdota por la que paso en una presentación de su quinto libro. Una librería De Polanco había hecho toda clase de invitaciones para que el poeta diera un recital ahí, a la vez que seria la presentación oficial de su libro titulado; sombras de un poeta. La librería abrió sus puertas a las diez de la mañana. La presentación seria de dos a cuatro de la tarde. Se esperaba un lleno total, la mesa con un mantel rojo púrpura estaba sobre la mesa, ahí estaría Tolomeo junto a su mujer y un ejecutivo de la editorial farito. Esa editorial ya había en dos ocasiones publicado libros a Tolomeo, tenía cierto prestigio, el tiraje era de mil libros. La librería, un mes antes de la fecha, había hecho propaganda y promoción al poeta y su nueva obra. Se entregaron pasquines por toda la ciudad, salio en periódicos y revistas de cultura, se anuncio en la radio. Lo único que faltaba era ponerlo en televisión. Las dos de la tarde, Tolomeo estaba ya ahí, puntual, con un nerviosismo extremo, a pesar de las ya acostumbradas presentaciones en publico y ante masas de gente de todo tipo. Media hora más tarde, solo cinco personas estaban frente a Tolomeo en la mesa para que este les firmara los libros. Una hora más tarde, había otros diez más. Al parecer algo había pasado, fue poca la gente que asistió para adquirir el quinto poemario del artista. Una semana más tarde, Tolomeo se entero de la razón; un festival de música se había presentado a pocas cuadras de la librería, la gente había preferido ir a ver la música que comprar su libro.

----------- Bola de mediocres. ----- Gruño Tolomeo para si mismo en un tono de voz bajo. Después soltó una carcajada sonora que se escucho en todo el restaurante. Varias personas que estaban al derredor voltearon con curiosidad y cierto morbo. Eso no le importo en lo más mínimo al poeta.

----------- ¿De que se ríe?. ---- Pregunto Godoy con cierta curiosidad mientras reflejaba una sonrisita estupida en su rostro.

----- De eso hombre, de eso. ---- Tolomeo recordaba el acontecimiento como si lo estuviese tal vez viviendo una vez más. ---- Tengo muchísimas mas cosas que narrarle mi estimadísimo señor, lastima que el tiempo no lo permita, si se fija ya se esta queriendo oscurecer, estamos en pleno crepúsculo vespertino.

---- Es verdad.---- Afirmo Godoy viendo a través de los ventanales del local. ----- De cualquier forma tratare de hacer un buen reportaje de todo esto que usted me ha dicho y revelado sobre su vida. Dígame, ¿Como podría mandarle el periódico para que usted lo vea?.

---- Por eso no se preocupe, yo me encargo de conseguirlo, solo quisiera saber para cuando saldría.

---- No estoy muy seguro aun. Tal vez para el domingo, sí, para este fin de semana.

---- Pues no se diga más.

Ambos se levantaron de la mesa y se despidieron con un fuerte apretón de manos. Godoy se dirigió hacia la caja registradora para pagar la cuenta. Al llegar con la señorita encargada de cobrar, esta le expreso que ya la cuenta había sido saldada. El periodista giro la cabeza para ver a la pareja, ya no estaban, se esfumaron del lugar de forma rápida y silenciosa. Godoy se quedo mirando la puerta de salida, su mirada se le perdió por un instante, se pregunto el ¿Por qué Tolomeo había hecho eso? Ese no había sido el trato. De cualquier forma, eso hablaba más que bien de ese gran hombre, de su espíritu, de su carácter, de su forma de ser como humano. El reportero solo se le dibujo una sonrisa en su rostro, de agradecimiento, de satisfacción. Nunca olvidaría a ese gran hombre, educado, simpático en su forma de ser, culto, pero sobre todo… un verdadero caballero.

VII

Muy temprano por la mañana, Godoy se reincorporo en su oficina para hacer de la historia del poeta todo un reportaje digno de un verdadero artista. Se la paso escribiendo en la computadora casi hasta el medio día. Solo se levantaba para tomar líquidos y hacer de sus necesidades fisiológicas. Nada lo distraía, estaba realmente concentrado en lo que hacia. Al final de la tarde, tenía ya todo un reportaje listo y más que nítido para que se pudiera publicar ese mismo domingo. El reportaje abarcaba varias páginas, se trataba de la vida del gran poeta, Tolomeo Vásquez Moreno. La exclusividad de esa entrevista era algo que tenia a Godoy realmente emocionado, estaba más que seguro que su jefe lo felicitaría y seria la envidia de los demás compañeros del periódico. Nadie había logrado sacarle toda la verdad a ese hombre. En muchas ocasiones había sido entrevistado por muchos periódicos he incluso programas de televisión, preguntas sobre su oficio nada mas, pero de ahí no pasaba. Godoy haría historia con esa gran entrevista. De seguro lo pondrían en un puesto dentro del periódico con más responsabilidad, le darían aumento de sueldo o porqué no; lo pondrían a cargo de la sección de cultura, esa que tanto le gustaba a él y era la razón de su ardua tarea para investigar al poeta. Godoy aun recordaba esa comida junto a la pareja en el restaurante la fogata, se recordaba cuando hablando de la hija, la única heredera, por así decirlo. Los había abandonado por irse con un donadie, un joven sin futuro y de lo mas mediocre. También recordaba cuando a la hora de pagar la cuenta, esta ya estaba saldada. No se explicaba como ni a que horas Tolomeo se había parado a pagar la comida. Bueno, eso ya no tenía mucha importancia, ya había pasado y ahora él tenía que concentrarse en el mañana, en su futuro, en lo que le vendría mas adelante. La experiencia con el poeta solo la vería como un logro más en su carrera de periodista, un recuerdo que valía conservar para después.

Godoy entro a la oficina de su jefe inmediato, el licenciado Rolando Mota del Campo, { a pa` nombrecito} pensaba Godoy para sus adentros mientras que no podía impedir reírse un poco del tan chistoso y poco común apellido de su patrón. Toco la puerta con prudencia y despacio, de forma educada. Se escucho una voz dentro de la oficina que le daba acceso a la entrada. Godoy entro con una seguridad única en su persona y una sonrisa de oreja a oreja que se delataba a diez kilómetros de distancia la felicidad que traía consigo.

---- Y bien. ¿A que se debe tanta alegría, señor Godoy?.

---- Al fin termine mi trabajo con el poeta Tolomeo Vásquez Moreno, aquí esta licenciado Rolando.---- Se lo puso sobre el escritorio para que este lo leyera y diera su aprobación. El Lic. Rolando lo tomo en sus manos, le dio una vista rápida a la cantidad de hojas que el joven había escrito y lo dejo caer sobre el escritorio una vez mas.

---- ¿Usted piensa que vamos a poner toda esa historia en el periódico dominical Godoy?.

El joven reportero no supo que decir y solo balbuceo unas cuantas letras, completamente desconcertado por la respuesta del Licenciado y mas aun, de su actitud.

---- Mire. ---- Continúo hablando el Jefe del periódico. ---- La historia o la vida de este hombre pudiera ser muy interesante, no lo dudo, pero es demasiado larga. ¿Entiende? Aquí se llevaría toda la sección completa de cultura, y no es así la cosa, así no se puede trabajar, Tolomeo no es el único artista, o poeta, hay miles, he incluso hasta mejores que él. Solo que a este señor le toco la suerte de ser famoso, de dar a conocer sus obras y ahí esta, disfrutando de la fama que tiene ahora. Mire Godoy.---- El licenciado Rolando bajo un poco el nivel de voz que estaba usando y ahora le hablaba

de forma un tanto paternal a su empleado. ---- Discúlpeme si me exaspere, es viernes, esto se suponía estar listo para el sábado en la tarde, mas tardar en la noche. Se la pasó dos días hablando con ese señor y no hizo nada. Bueno... si hizo, pero Godoy, se trataba de una simple entrevista, no de publicar en un libro su biografía.
El muchacho solo bajo la cabeza y se disculpo con su jefe inmediato prometiéndole hacer lo posible para el domingo.
---- No.---- Lo interrumpió una vez más el licenciado. ---- Déjeme aquí el reportaje, yo sabre que hacer con el. Este... por ahora quiero que valla a la escuela Benito Juárez a cubrir un evento de padres de familia.
---- Como usted diga señor.---- Godoy no le quedo de otra más que obedecer las órdenes de su superior y mostrar sumisión por el que le daba trabajo. Afortunadamente había quedado toda la información grabada en la computadora y aparte, en su pequeña grabadora, con la que hizo la entrevista.

Godoy salio de la oficina del licenciado Rolando con el semblante por los suelos, echaba chispas de coraje, de frustración, de rabia, de impotencia.
---- Viejo decrepito.---- dijo en voz baja sin que nadie lo escuchara.
---- Será muy director, muy licenciado, pero no tiene sensibilidad, no sabe de arte, de sentimientos, de nada.---- Godoy gruñía por los pasillos de la institución y hablaba consigo mismo como si estuviera loco. Una de las secretarias de clasificados lo vio y se le acercó para ver si lo podía ayudar.
---- ¿Pues que tiene joven?.
---- Nada, no tengo nada, que ya estoy harto, eso es lo que tengo.---- La señora, que ya mostraba algunos años de edad, solo se le quedo viendo a los ojos con una ternura y una compasión única, como si quisiera ella calmarlo y protegerlo. Esa actitud hizo que Godoy se sintiera avergonzado, del coraje paso a la turbación. No le pudo sostener la mirada a aquella mujer que, sin ninguna obligación lo único que deseaba era ayudarlo y hacerlo sentir bien.
---- Discúlpeme doña Cuquita. Tuve un problemilla con el licenciado, pero no es nada fuera de este mundo. Después hablamos. ¿Le parece?. Ahorita llevo algo de prisa.

---- Ve con Dios hijo, y cálmate. Ya no hagas corajes.

Godoy salio del edificio de prensa y se dirigió a la avenida 20 de Noviembre para así poder tomar un colectivo que lo llevara hasta la calle de Laureano Roncal, de ahí, se iría caminando hasta llegar a la escuela Benito Juárez. Aun tenía tiempo de sobra para llegar. Durante su recorrido llego a una pequeña tiendita de las que hay muchas en la ciudad de Durango. Se compro una gaseosa con un pan de dulce. No seria una gran comida, pero al menos le quitarían el hambre por un momento. El mal momento que había pasado con el licenciado Rolando Mota del Campo le había hecho desaparecer el apetito, pero ahora su estomago le exigía alimento de cualquier tipo, sin mas demora se metió a esa miscelánea y ahí se estuvo por un buen tiempo, suficiente para pensar y reflexionar, poner en orden sus ideas y corregir sus errores. Tal vez el licenciado tuvo razón. No se puede poner toda una biografía de una persona en una sola sección de un periódico. Godoy se sintió apenado por su in profesionalismo. Había perdido la oportunidad que tanto anhelaba. Se sintió culpable de su suerte. Mientras pensaba, le dio la ultima mordida al pan que ingería y lo empujo por el esófago con la ayuda de esa bebida color negra dulzona que saboreaba con avidez de niño. Tomo su pequeño morral de piel que llevaba colgado al hombro, en donde traía consigo su grabadora, plumas y libretas para tomar nota de sus trabajos.

Mientras caminaba dirección a la escuela, en las afueras de una casa, pasando la calle Regato, vio a una joven que se distraía viendo tal vez los carros y los transeúntes caminar por su casa. Era una joven linda, tez morena clara, ojos expresivos y una sonrisa que podía volver a la vida a cualquier muerto. Godoy al verla, camino más despacio para poder admirar un poco más su belleza física. La muchacha capto de inmediato el interés que él joven le mostró y se le quedo viendo a Godoy con una sonrisa y una mirada penetrante. Esto provoco que él reportero se pusiera de mil colores y bajara la mirada de inmediato. La coquetería natural de la chica había avergonzado a Godoy al instante. El joven periodista siguió su camino, no podía darse el lujo a detenerse he indagar quién era esa muñeca de mujer. Bella como pocas, a Godoy pronto se le olvido el incidente que tuvo en la oficina de su jefe; su mente estaba puesta en el rostro de esa muchacha, se pregunto quién seria, como se llamaría. No la podía olvidar, la sonrisa de esa mujer lo habían hecho pensar por vez primera en el amor. En varias ocasiones había sentido atracción por féminas, pero esta vez fue algo mas fuerte que lo habitual, esa mujer lo había hechizado con solo una simple sonrisa y una profunda mirada. Tenia que buscar un pretexto para volver a pasar por esas calles y esa casa. La tenia que ver, no una, sino varias veces.

Después de que Godoy hubo cumplido con su trabajo de cubrir los aspectos mas importantes del evento llevado a cabo en la escuela Benito Juárez. Salio sin perder más el tiempo y poder pasar una vez más por esa casa, la quería ver una vez más. Quería comprobar si no había sido una simple ilusión, un espejismo, un delirio tal vez. Sintió nervios a medida que se acercaba a la residencia donde había visto a esa diva, que aun no sabía si era una simple mortal o un ángel disfrazado de mujer. Esta vez no corrió con la misma suerte. El crepúsculo empezaba a hacer su presencia en el esplendoroso cielo Duranguense, las nubes se pintaban de rojo, la mano de un gran artista estaba detrás de ese espectáculo de la creación. Godoy no dejaba de ver la puerta de esa vivienda, tenia la esperanza de que ella saliera, poder admirar sus encantos una vez mas, de sentir que su corazón de derretía como la mantequilla en un sartén. Godoy sentía nervios, mariposas revoloteando en el interior de su estomago. {Pero que cursi me estoy viendo.} Se dijo Godoy así mismo, Término convenciéndose él mismo que seria un imposible, nunca mas volvería saber de ella, que caso tenia hacer castillos en el aire por una extraña. No sabia nada de ella, ni lo sabría jamás. Godoy no sabía realmente que el destino le tenía guardada una sorpresa, una feliz y grata sorpresa.

El domingo por la mañana, Godoy se levanto muy temprano, se dio un ligero pero refrescante chapuzón y salio dispuesto a conseguir el periódico dominical. Tenía curiosidad por ver en que había terminado el reportaje que él había hecho sobre el poeta Tolomeo Vásquez Moreno. Se Moria por ver, por leerlo. Quería saber si no se había alterado nada de su contenido. Llego a la tienda, lo busco,

tal vez Godoy fue uno de los primeros clientes que llegaron al establecimiento, apenas y media hora antes habían abierto el local. Aun estaban los periódicos amarrados con un lazo, el señor de la tienda no había tenido tiempo de desamarrarlos y ponerlos en su lugar correspondiente para el público. A Godoy eso no le importo, él mismo le quito el nudo a la delgada soga que los sujetaba y tomo el primero, le dejo diez pesos al hombre encargado y le dijo que se quedara con el cambio.
---- Oiga joven, oiga, pero ¿cual cambio? Si le faltan cinco mas, acuérdese que es domingo y el domingo es un poco más caro.
La distracción de Godoy había provocado que hiciera el ridículo frente a ese hombre, afortunadamente solo estaban los dos solos en el establecimiento, nadie mas se dio cuenta de su distracción. Godoy le pidió disculpas y le pago lo que restaba. Salio y se dirigió a su casa, una vez ahí dentro busco la pagina de cultura. Ahí estaba, con grandes letras de encabezado, pero para la sorpresa del muchacho, el licenciado Rolando había puesto solo una cuarta parte de toda la entrevista. Godoy empezó a leer con avidez el reportaje.

Gran presentación de poesía en la casa de la cultura.

Por: Godoy Ramos de la Cruz

Gran agasajo recibió la ciudad de Durango al escuchar los bellos poemas de un distinguido poeta proveniente de la ciudad de México.
Tolomeo Vásquez Moreno, poeta y escritor, de Reconocida trayectoria dentro del mundo de la literatura, se presento el pasado martes 26 de junio del año en curso para hacer un derroche de palabras bellas

y frases que se anidan en el corazón de los amantes de la poesía.
El señor Tolomeo dio su recital en la casa de la cultura de nuestra querida y bella ciudad. La gente que tuvo el placer y la suerte de ver y escuchar declamar a este gran artista se llevaron una buena impresión y fue una gran experiencia. Fueron muchos los aplausos y elogios que recibió en compañía de su distinguida y bella esposa.
Sin duda alguna, la ciudad de Durango ha tenido a varios artistas y personalidades de suma importancia dentro del frágil, sublime y bello mundo de la cultura y el arte. Tolomeo Vásquez Moreno nos dejo en un ambiente de hipnosis con tan exquisitas frases que salían del corazón del poeta. Sin duda, un gran evento.

---- ¿Que demonios es esto?. Viejo incauto. Esto no es ni siquiera la sombra a lo que yo escribí sobre Tolomeo.---- Godoy agarro las hojas del periódico en sus manos y las hizo mil pedazos. Ese domingo, Godoy se la paso encerrado en su pequeño apartamento sin querer salir. La decepción por el articulo y la impotencia a no poder hacer nada lo sumieron en un estado depresivo, solo se la paso escuchando música, viendo programas de televisión y escuchando música de vuelta. Ordeno una pizza para poder comer durante la tarde, se sentó frente al televisor y se puso a disfrutar una de las joyas del cine mexicano. Se trataba de un film con Andrés García, esa película hizo que se distrajera un poco y así olvidar el incidente del reportaje. Aun así, sentía vergüenza con el poeta, que podría decirle sobre esa basura de artículo, como darle la cara y decirle, no fue culpa mía. Sabia que el señor Tolomeo buscaría el artículo ese mismo día, él se lo había confirmado, de hecho, se podía ver el interés en ver el periódico.

Godoy siguió su rutina, se concentro mas en su trabajo y no volvió a saber nada ni a escuchar ya mas sobre Tolomeo Vásquez Moreno y su vida. Esporádicamente cubría algunos eventos de arte de poetas o pintores locales, en realidad era más la propaganda que tenía que darles a lo que realmente daban como artistas. Uno que otro sobresalía mas, pero no muy frecuentemente. Pasaron casi dos meses desde el artículo y las entrevistas que tuvo Godoy con el poeta Tolomeo. Un día, fue a cubrir una nota de política a las oficinas del palacio de gobierno ubicadas en la calle 5 de febrero, un edificio colonial digno de admirarse, sus estructuras de mármol y por dentro, un mural enorme que dejaba boquiabierto a cualquiera que lo viera. Solo los ciudadanos no lo admiraban del todo pues lo veían a diario y la costumbre hace que la gente no aprecie lo que tiene a su alrededor. Godoy entro al edificio, subió las escaleras y entro en una de las oficinas que tenia este. Casi se fue de espaldas al ver quién estaba de secretaria, era la misma chica hermosa que había conocido en la calle Laureano Roncal, su misma cara, sus mismos ojos, su misma sonrisa; coqueta, picara, de mirada atrevida. Godoy quedo nuevamente impresionado al ver a la muchacha por segunda vez, la lengua se le trabo y no pudo articular expresión alguna, se salio de la oficina pálido como un muerto, pareciera que hubiera visto algún fantasma. Ella solo se le quedo viendo sin tampoco decirle nada, al parecer también lo había reconocido. La química estaba ahí con ambos, solo había que dar el primer paso, Godoy era demasiado cohibido y nervioso para hablarle a ella, así es que ella tomo la iniciativa. Salio de la oficina, se puso detrás de él y le tomo por el hombro.

---- ¿Le puedo servir en algo?.

Godoy no podía casi ni hablar, tartamudeaba y balbuceaba toda clase de palabras y no decía nada. Ella se soltó riendo pero no con burla, sino de una forma sana. Esa mujer tenía la belleza en cada poro de su cuerpo. Por fin, Godoy respiro profundo, trago un poquito de saliva y logro preguntarle por la oficina del jefe de tesorería.

---- Aquí es. ---- Respondió ella con una calma única y segura de si misma.

---- Creo que a usted lo he visto anteriormente.---- Le dijo ella. Godoy supo que lo había reconocido y le respondió que si, aquella vez que pasaba por su casa y ella estaba afuera, viendo los vehículos pasar.
----- Ha si.---- Respondió ella soltando una risa. ---- Estaba súper aburrida, solo me salí un ratito para tomar el fresco de la tarde y no estar adentro todo el tiempo. Poco a poco Godoy empezó a mostrar mas soltura y confianza en la platica que sostenía con esa simpática muchacha, su nombre era Flor, y realmente parecía una flor, pensaba Godoy cuando supo por fin como se llamaba. Después de ahí, Godoy la empezó a frecuentar mas, salían a cenar, a comer, al cine, a pasear. El reportero nunca se animaba a darle un beso, ni a tomarla de la mano, mucho menos a declararle su amor. Ella, de forma más inhibida, con más soltura y sin tantas vergüenzas, le expreso que ya era hora de ser más que amigos. Lo tomo de la cara con sus dos delicadas manos y le planto tremendo beso a Godoy que este casi se desmaya, pero de no de susto, sino de emoción. Le gusto tanto que él tomo la iniciativa como todo hombre y le devolvió el beso, duraron casi dos minutos pegados el uno al otro intercambiando bacterias. Desde ese día, todo fue mucho más fácil, Godoy y Flor ya eran novios oficiales. Godoy vivía para ella y solo para ella, y Flor, enamorada de su príncipe valiente, solo tenia ojos para él. El noviazgo duro poco mas de dos años, lo suficiente para que se conocieran el uno al otro, con el tiempo, los dos enamorados se conocían casi todas sus cualidades y también la mayoría de sus defectos. Poco tiempo más tarde, la boda, los arreglos, los invitados, la presión de que todo saliera como ellos lo deseaban.

Godoy y Flor unieron sus vidas un primero de septiembre, a la ceremonia asistieron la mayoría de los compañeros de trabajo de ambos, incluyendo sus jefes directos de cada uno. Por ser Godoy un reportero del prestigioso periódico, el director Rodolfo Mota del Campo autorizo que se les diera una hoja completa para ellos y sus invitados, muchas fotografías, muchos abrazos, muchas felicitaciones, muchos regalos. Los recién casados se fueron a vivir al departamento de Godoy, ahí estarían por un tiempo, solos, acabándose de conocer, viviendo el uno para el otro, reflejando en cada palabra, en cada mirada ese sentimiento tan noble y puro que es el amor. Al día siguiente de la boda, la joven pareja de esposos alistaron sus maletas y se fueron de luna de miel a la hermosa playa de Huatulco, en Oaxaca. Ahí disfrutaron de la belleza que ofrece las costas mexicanas, el mar, la tranquilidad de las noches arrullados por las olas que se escuchan a lo lejos desde la comodidad de la habitación en un hotel de cinco estrellas, Pero mas que nada, de los placeres del amor. De sentir la respiración agitada de la pareja a la que se ama, de verla sudar, de verla gozar, de ver como ríe de felicidad. De ver a esa bella mujer correr como niña por las arenas de una playa, gritando, riendo, cantando, verla saltar, jugar, verla y no cansarse de mirarla. Palparla, observar cuando duerme, sentir su respiración, escuchar su corazón palpitar, besarla una y otra vez. Godoy era feliz con Flor, su único y primer amor.

La luna de miel llego a su fin y la joven y feliz pareja tuvieron que regresar a la ciudad de Durango. A seguir cada quién con sus actividades, sus respectivos trabajos, sus propias ocupaciones. Por el momento no pensaban en familia, preferían seguir así, juntos, conociéndose, trabajando para lograr sus metas como pareja, tal vez individuales. Ella quería seguir estudiando, a pesar de haber terminado la carrera de taquigrafía y mecanografía. Flor deseaba superarse, no terminar sus días sentada en un escritorio recibiendo ordenes de jefes, que bien la pudieran tratar bien, o lo contrario, ser unos déspotas, morbosos y volados. Pensó en muchas carreras antes de elegir una en especial; un día, lo decidió, se levanto con la ilusión de ser diseñadota grafica. Estudiaría computación, fotografía digital y todo lo que fuera suficiente para llevar a cabo su meta. La ventaja que aun tenia era su juventud, el hecho de estar casada no le impedía salir adelante como mujer, superarse, sacar un diploma y colgarlo en la pared como trofeo. Sabía perfectamente que Godoy, su esposo la apoyaría en su decisión. Ambos jóvenes tenían sed de salir adelante, de luchar en la vida para después, poder saborear las mieles de la victoria, del triunfo, de una posición mejor a la que ahora tenían. Godoy por su parte seguía trabajando para la prensa, era lo que mas amaba, lo disfrutaba, lo saboreaba. Ya había superado lo acontecido con la nota del poeta, Tolomeo Vásquez Moreno, de hecho, ya lo tenia casi olvidado. Godoy fue superándose en relación a su desempeño laboral. Gran parte de la comunidad lo identificaba como un excelente reportero, sus notas estaban bien elaboradas y siempre a tiempo con cada noticia.

El aniversario numero veinte del periódico estaba por llegar, se tenía planeado echar la casa por la ventana, por así decirlo. El presidente y dueño del periódico a nivel nacional estaría presente en ese importante festejo. Las invitaciones se empezaron a dar con un mes de antelación. Serian muchos los invitados. Se escogió uno de los mejores salones de la ciudad de Durango, Godoy y su esposa no podían faltar a dicho evento, a Godoy se le entregaría un reconocimiento por su destacada participación y buen desempeño en su trabajo durante sus seis años de haber estado trabajando en dicha empresa. Los nervios y la emoción de apoderaron de él, anteriormente ya había recibido regalos, reconocimientos, muchas felicitaciones por parte de su jefe, el lic. Rolando Mota del Campo, pero nunca en manos del presidente y dueño del periódico a nivel nacional. La pareja contaba los días para dicha ceremonia, la joven y bella esposa del periodista estaba incluso aun más nerviosa y emocionada que su mismo marido. {Mi esposo va a recibir un premio como el mejor periodista de Durango} decía a todos los vecinos de la colonia en donde vivían, estos solo la escuchaban y le daban sus felicitaciones de dientes para fuera. En cuanto se daba Flor la media vuelta, la destrozaban con mórbidas risotadas y toda clase de palabras sucias. Todo a causa de la envidia, los celos y la mala sangre que se trae por dentro.

Después de haber esperado casi un mes con los nervios y la tensión puesta sobre dicha celebración, el día tan esperado llego para todos los empleados del ya afamado periódico con más ventas en todo el estado. El sol de Durango, los manteles largos, las copas de champagne en cada mesa, arreglos florales, una banda de música clásica tocaba en una parte discreta del salón con piezas de Mozart, Vivaldi, Bach y otros estilos de música pero sin salir del entorno culto que se pretendía dar al evento. También estaría un invitado especial para darle más sabor al suceso, seria una verdadera sorpresa, un músico de gran talla internacional. Ahí estaban reunidos todos, sin excepción alguna, desde el director, el subdirector, reporteros, fotógrafos, el personal de administración, secretarias, contadores, trabajadores de fotomecánica, imprenta, y hasta los muchachitos de se encargan de venderlo por las calles, también estaban ahí. Todos conviviendo como una sola familia, escuchando lo más selecto de la música clásica y semi clásica que interpretaban aquellos maestros que se encontraban en un rincón del salón de fiestas. Cuquita, la cajera de clasificados, esa señora que los fines de semana solo escuchaba cumbias y salsa mientras barría, sacudía y fregaba los pisos de su modesta vivienda se deleitaba con una pieza magistralmente ejecutada en violín por uno de los músicos; solo meneaba el piecito al compás de la melodía. También estaba don Lucas, el que abría los portones del periódico muy temprano para que los niños se encargaran de hacerlo llegar a la gente por las calles. Ese hombre, que a todas horas del día tenia su pequeño radio encendido con música de corridos y polcas del ayer, en la celebración y delante de todos, sentado en una mesa, con una copa de vino en la mano, un cigarro en la boca, y con un aire de aristócrata que ni el se creía, por tan solo un par de horas había cambiado su siempre habitual selección de música pueblerina para escuchar por ves primera las cuatro estaciones de Vivaldi, o balada para Adelina. De pronto, y con gran disimulo, mando llamar a uno de los meseros y con gran discreción le entrego una nota para que se las llevara a los músicos. En la nota solicitaba de forma amable y con gran respeto, la petición a una sola complacencia. Don Lucas les pedía de favor que tocaran la canción de "ando bien pedo, bien loco" de un grupo que en ese momento no podía recordar el nombre, pero que tocaban en la radio a toda hora. Los músicos que amenizaban la fiesta le devolvieron el recado con una nota ahora escrita por uno de ellos que decía, que conocían bien la canción, pero sus limitaciones musicales no estaban aun tan perfeccionadas para música de tan alto nivel. Le pedían una disculpa por no poder complacerlo, pero que si tenía otra en mente, lo complacerían con todo el gusto del mundo. Don Lucas, cuando hubo leído la nota, elevo su copa con champagne y de forma simbólica les dio las gracias por el esfuerzo hecho a su petición. Cerca de don Lucas esta también la mesa de Godoy y su esposa Flor, ambos iban realmente elegantes, él, con un traje color negro, camisa blanca y corbata blanca con pequeñas bolitas negras. Ella, un vestido negro de noche color vino con zapatillas blancas de tacón.

La música dejo de tocar de pronto, a la tarima de subió el lic. Rolando, hizo uso del micrófono dándole las gracias a todos por haber hecho el esfuerzo de ir a tan importante evento, la celebración del periódico que cumplía veinte años de estar al servicio del publico y la ciudadanía de la perla del Guadiana, Durango y sus cientos de municipios, ranchos y pueblos. Incluyendo desde Lerdo, Gómez Palacio y terminando con cada una de las fronteras de los Estados de Sinaloa, Chihuahua y Zacatecas, aparte de Coahuila que colinda con Gómez Palacio. El distinguido director del periódico después de haber hablado, se dirigió con gran respeto al presidente y dueño del periódico, lo presento, le cedió el micrófono y se hizo a un lado con la manos atrás. Acto seguido y antes que empezara a hablar, los aplausos y uno que otro silbido no se hicieron esperar en todo el salón, eso hizo que el presidente tuviera que esperar un minuto antes de abrir la boca y decir como de costumbre, gracias. Después de haber hablado por casi media hora, mientras la mayoría de los invitados ponían una atención mas de lo acostumbrado, entre copitas y bocadillos la media hora se fue casi volando, el discurso del importante hombre, dueño y único accionista del periódico alabo a todos y cada uno de los empleados, haciéndolos sentir importantes pues cada uno de ellos era cual pieza de un rompecabezas, todos juntos hacían un cuadro único a la empresa. Acto seguido, el licenciado Rolando Mota del Campo le llevo unos diplomas y los puso a un lado de su jefe sobre una mesa con mantel rojo. El señor presidente, con una expresiva sonrisa, se dirigió una vez mas a todos y les hizo saber que esos diplomas serian para la gente que había destacado mas en la compañía, según sus puestos. Empezó con las secretarias, después con los trabajadores de imprenta, fotomecánica, coleccionistas, barrenderos y hasta con los que llevaban más años haciendo entrega del periódico día con día. Al final, le llego el turno a los reporteros, la primera fue Silvia Arriaga Muñoz, le siguió Mario Bustillos Casas, Leonardo Estrada al que le apodaban el flaco, después de unos cinco compañeros mas, le llego el turno a Godoy. El presidente de la compañía, se lo dio en sus propias manos al igual que a sus demás colegas, con la diferencia que el reconocimiento de Godoy era diferente a los demás, este era un sol azteca de cobre y partes en plata, abajo tenia unas letras impresas que decían:

> Para el periodista más sobresaliente del periódico
> Gracias por su valiosa aportación para que esta empresa sobresalga, y hacer de esta, la mejor a nivel nacional.

Las luces de las cámaras no dejaban de alumbrar el salón en donde se llevaba a cabo dicho evento. Los aplausos hacían eco sonoro en todo el edificio, los rostros iluminados de la gente, se podía ver en cada cara, sus ojos irradiaban alegría, el gozo de que alguien reconociera su gran labor, no solo quincenalmente con sus respectivos sueldos. Sino con palabras de agradecimiento, haciéndolos sentir que cada uno era importante en ese periódico. Los empleados reían, desbordaban alegría, literalmente saltaban cuando una vez se hubiesen terminado de entregar los premios a cada quién. Cada uno, sin faltar nadie, se pusieron de pie y aplaudían con un ánimo poco visto en una celebración.

Al día siguiente, Godoy fue llamado a la oficina del director. Ahí estaba su jefe con el dueño y presidente del periódico; Godoy no se esperaba que ambos estuvieran en la misma oficina, de hecho, nunca se imagino que él mandatario del trabajo estuviese allí también. Saludo de forma un tanto cohibida, se acercó a cada uno de ellos extendiéndoles la mano para saludarlos de forma más formal y directa. El presidente de la empresa dibujaba en su rostro una sonrisa de oreja a oreja que le dio a Godoy confianza de inmediato, de hecho, este hombre al parecer, era un ser humano de lo más sencillo. Estaba acostumbrado a tener dinero, había nacido entre la fortuna, las comodidades, las opulencias, los lujos. Desde muy pequeño se codeaba con gente de alta alcurnia, burgueses de nariz respingada, niños de barrios ricos que jugaban al monopolio, la matatena, al Nintendo y a la comidita en utensilios de plata pura. De cualquier forma, siempre, sus padres le inculcaron la sencillez y humildad entre los seres humanos, le aconsejaban a mirar y tratar a todos con respeto he igualdad, aun así, la diferencia era mucha; mientras el jugaba con su avión de control remoto, los niños en los arrabales marginales y sucios, su diversión era solamente el trompo, las canicas, las escondidas y jugar futbol con cualquier pelota que hubiera a la disposición. El presidente y dueño absoluto de ese periódico se llamaba, Dennis Buenrostro de la O. Los buenos principios de la familia Buenrostro le habían servido de mucho a Dennis, ahora dueño y propietario de esa cadena de periódicos en toda la republica mexicana. El trato que daba a sus empleados era realmente digno de admirarse, no cualquiera era como él. La mayoría de los opulentos magnates, propietarios de empresas, eran déspotas, volubles, altaneros y arrogantes. Miraban con altivez a sus empleados y hacían sentir mal a quién se les pusiera enfrente. Acostumbrados a comprar todo con dinero, no reparaban en mandar traer chicas para su uso personal, como si esas mujeres no tuvieran sentimientos. Ellas, necesitadas y amadoras de la buena vida, les servían de prostitutas a cualquier hora. Dennis era diferente, realmente sabia ser un buen jefe y un buen hombre.

Cuando Godoy ya hubo saludado a sus dos jefes inmediatos, Dennis le pidió de forma amable que tomara asiento, después de que el nervioso reportero acomodo su silla y cómodamente puso sus glúteos sobre esta, Dennis se sentó frente a él y acto seguido, el lic. Rolando se sentó también.
---- He seguido la trayectoria de sus escritos mi estimado Godoy. ---- Habló de inmediato el presidente Buenrostro sin perder mas el tiempo y llevando la conversación al grano. ---- Le comentaba al lic. Mota que… bueno, me gustaría llevármelo a la capital mexicana para que allá tuviera una mejor preparación, darle más oportunidad de estudio y de esa manera pueda usted salir adelante, no solo como reportero, sino también de forma personal. ¿Que le parece la oferta?.
---- Dennis Buenrostro se le quedo mirando a Godoy de forma fija sin quitarle ni un instante la mirada y con una sonrisa pintada en la

cara. Godoy casi se ahogaba con su propia saliva, se puso pálido, rojo, negro. Simplemente se quedo mudo, no supo que decir. Después de unos segundos de mudez, sus labios se empezaron a abrir de forma parsimoniosa, la lengua la sentía un poco entumida, aun no podía carburar ideas. Ante la mirada insistente y a la vez impaciente de ambos hombres, Godoy le dio primeramente las gracias por la confianza que le mostraba, aparte de no sentirse preparado para dejar a su querido valle del Guadiana, Durango, he irse a esa ciudad tan grande, peligrosa, bulliciosa, pero también bella he interesante como la capital mexicana. En el fondo lo deseaba, conocer el famoso Chapultepec, las pirámides, el ángel de la independencia, la famosa casa azul, antigua residencia de la ya finada artista Frida Kahlo, el museo de arte, el de antropología e historia, bellas artes, incluso conocer en persona a varios de sus actores y actrices favoritos. Podía ir a teatros, eventos, ir al famoso "chopo", a tepito, a Garibaldi, podía conocer tantas y tantas partes, lugares, gente. Por otro lado, su querido Terruño, su Duranguito querido. ¿Como dejar a su parque Guadiana? ¿Como olvidar su famoso mercado? ¿Como dejar de ver las palomas posar entre la gente en la plaza de armas? ¿Como...? ¿Como...? ¿Como...? Salir por las noches, con su esposa Flor, parar en un puestito de hamburguesas y seguir caminando sin que nadie los molestara, esa tranquilidad, esa paz, solo la podía vivir en su propia tierra. En su queridísimo Durango. Por otro lado estaba el progreso, la oportunidad de crecer como periodista, en Durango nunca saldría del hoyo, seria siempre un simple reportero, un periodista más de tantos que ya estaban. Con el tiempo vendrían nuevas generaciones, tal vez mas preparados y con más talento, él pasaría a la historia y terminaría sus días sentado en un mesa banco viendo a la gente pasar. Godoy se quedo pensando, meditando sobre lo que le pudiera convenir mas para su futuro y el de su mujer. Sus dos jefes solo lo observaban en silencio sin decir ni media palabra, de pronto, el presidente se levanto de la silla y dio un suspiro como tomando aire.

---- Mi estimado muchacho, yo tengo que salir esta misma noche, te doy una semana para que consideres mi oferta. Si en una semana no tengo respuesta alguna, lo daré por olvidado, de cualquier forma, si decides seguir trabajando aquí, me da gusto, eres un excelente reportero, te felicito.---- Y extendiéndole la mano, se despidió de Godoy, este le correspondió el saludo y salio de la oficina con un semblante de intriga, como zombie, pensativo. Caminaba y sabia perfectamente en donde estaba el camino pues había recorrido ese edificio por años, lo conocía a la perfección, incluso hasta cerrando los ojos. Llego a su pequeño receptáculo en donde tenia sus cosas personales, una fotografía de su boda con Flor, un cuadro con un pensamiento, etc., pequeños objetos de gusto personal. Se dejo caer sobre su silla frente a su escritorio en donde contaba también con una computadora. Godoy se quedo pensando por largo tiempo, no se dio cuenta ni siquiera que las manecillas del reloj corrían sin tenerle piedad al tiempo, los minutos avanzaban cual si fueran competidores audaces en una carrera sin tregua. El joven reportero estaba en otra orbita, en otro mundo, su propia orbe talvez, pensaba en la capital mexicana, en su trafico, en su gente; aun sin siquiera conocerlo, solo por platicas de personas que realmente si habían estado ahí. En poco tiempo se hizo de tarde, Godoy ya no tuvo humor de hacer nada, solo se levanto de su silla, tomo su saco y se fue caminando rumbo a su casa. Por las calles, la gente pasaba junto a él sin que este se fijara quién pasaba al lado suyo. Las luces de neon de los comercios en la avenida veinte de Noviembre alumbraban su rostro que solo caminaba instintivamente, conocía de memoria esas calles, desde que había sido niño las había recorrido junto a familiares, junto a su madre, amigos, en fin, conocía Durango como la palma de su mano. Se le hacia difícil salirse de ahí, de su monótono, pero muy querido terruño. Llego a casa un poco mas tarde de lo habitual, su mujer ya estaba un tanto preocupada, pensando que le hubiese podido pasar algo, un accidente, quién lo iba a saber, las desgracias siempre suelen ocurrir. Cuando lo vio entrar por la puerta de enfrente, le dio gusto ver a su esposo, pero a la vez le entro coraje, sentimientos encontrados. Corrió para abrazarlo y darle un beso, no podía vivir sin él, una vez que lo vio intacto y sin magulladura alguna, empezó con los reclamos. ¿Por qué hasta esta hora? ¿En donde estabas Godoy? Contesta… me tenías preocupada. Godoy abrazo a su mujer de forma tierna y paternal por derredor de su cintura y con una serenidad impresionante la invito a sentarse en el comedor quedando ambos cara a cara. Al principio, Flor se mostró un tanto nerviosa, impaciente. No sabia lo que traía su esposo entre manos, pensándose lo peor se quiso anticipar a la conversación aclarándole que si se trataba de otra mujer se lo dijera sin rodeos y al grano. Godoy solo sonrío y paso desapercibidas sus palabras, las considero hasta tontas. Poco a poco y con mucha paciencia, Godoy le fue desarrollando el contenido de su preocupación a su mujer, necesitaba de su apoyo, de su ayuda. Quería que ella le diera un consejo. Dos cabezas piensan mejor que una, ese era exactamente el punto en el momento. El joven reportero necesitaba de su mujer para desmembrar tantas dudas que le atormentaban. Juntos empezaron a poner los pros y los contras de cada cosa, a enumerarlos, a considerarlos, a platicar como pareja, como socios, como amigos. Se pasaron las horas, cuando Flor volteo a la pared de la cocina, vio que ya eran casi las tres de la mañana. Aun así, terminaron haciendo el amor, que importo la hora. Lo importante en ese momento era el presente, y el presente exigía un encuentro carnal, pasional, un encuentro cuerpo a cuerpo en donde la artillería se llama caricias y besos.

Godoy ya había resuelto que hacer con la proposición del señor presidente. Tenia ya su respuesta y antes que el lic. Rolando se lo preguntara, él fue a su oficina al cuarto día de que lo habían citado los dos representantes mas altos del periódico. La respuesta de Godoy sorprendió bastante al lic. Rolando Mota del Campo, se levanto de su asiento al escuchar al muchacho y se le quedo viendo de manera fija y como sorprendido. Le extendió la mano para saludarlo y con una amplia sonrisa lo felicitó por tan inteligente decisión.
---- Es lo mejor que has hecho en años Godoy.---- Vocifero el director casi a gritos. Se deslizo por un lado de su escritorio y le dio un fuerte abrazo que casi dejo al reportero sin aire.
---- Y, dime. ¿Cuando has pensado hacer tu traslado?.
---- No lo se aun señor. Tal vez el mes que entra, tengo que dejar algunas cosas bien aquí. Usted sabe, asuntos personales, tengo que decirle a mi familia. Mi esposa también tiene que hacer sus últimos

preparativos y dejar todo arreglado. Ella se ira conmigo a la capital de México.
El director Rolando soltó una carcajada como si le hubiesen contado un chascarrillo de lo mejor.
---- ¿Así es que te nos vas con todo y vieja? Ha que muchacho este, tu si que saliste fregon.
A Godoy no le quedo de otra más que reír junto a su jefe inmediato. Ya todo estaba dicho, solo restaba aprovechar al máximo ese ultimo mes que estarían en su ciudad natal para aprovechar a despedirse de todos sus familiares y amigos, juntar un poco de dinero, vender sus muebles y solo dejar las cosas personales que no ocuparan tanto espacio. Había cosas valiosas que las dejarían encargadas con parientes. La ciudad de México, D.F. los esperaba con los brazos abiertos.

VIII

La colonia de linda vista, al norte de la ciudad de México fue el mejor lugar que la pareja pudo encontrar ya una vez instalados en esa gran urbe de ciudad. El área era realmente agradable, los vecinos al parecer parecían normales, cada quién en su trabajo, escuela, sus propias obligaciones sin meterse tanto con nadie. Godoy y su esposa al principio se sentían algo extraños en la capital, todo se les hacia grande, las distancias especialmente, la ciudad era un monstruo en comparación a su querido Durango. Poco a poco se fueron adaptando, como es lo normal, fueron conociendo, familiarizándose con la colonia, con las calles, con la gente. Empezaron a hacer amistades que los guiaban he instruían de cómo andar en la ciudad, donde podían ir y adonde no podían ir. Las áreas más peligrosas, las más turísticas, las de menos riesgo. Dentro de lo que era la semana laboral, Godoy se iba al periódico a trabajar y por las tardes a tomar clases para capacitarse más en el ramo del periodismo. Flor por su parte, empezó a trabajar por las mañanas en una oficina de abogados como secretaria, su horario era de 8:00 de la mañana, hasta las 5:00 de la tarde. Saliendo ella pedía un taxi que la llevaba de regreso a su apartamento, se encerraba con doble seguro y no volvía a azomar ni las narices siquiera. Los fines de semana los trataban de disfrutar al máximo, se iban desde muy temprano a conocer lugares. Otras veces preferían estar en su apartamento disfrutando películas mientras comían palomitas en el microwave o simplemente descansando de la ardua semana que había terminado. Cuando eso pasaba, Flor, sintiéndose libre y con toda comodidad en su propia casa, generalmente se paseaba en tanga y con una pequeña blusita que dejaba ver sus encantos anatómicos a su joven esposo que terminaba llevándola a la habitación para jugar una y otra vez esos encantadores juegos que todas las parejas disfrutan hacer a solas. Sobraba amor, ternura, encanto. Cualquiera pudiera decir que eran la pareja perfecta. Un día, Flor llevo a la casa un pequeño libro, lo dejo sobre la mesa y se fue a acostar, ni siquiera le dio tiempo a leerlo bien. El cansancio la obligo a rendirse frente a esos colchones y ese par de almohadas que la mimaban mientras ella se relajaba con una sabana de franela que la hacia sentirse fresca y consentida. Finalmente la señora de la casa perdió la batalla. Se rindió y quedo profundamente dormida en la habitación, con sus diminutas prendas trasparentes. Allí, Flor era dueña absoluta del lugar.

Cuando llego Godoy a su casa, sintió un silencio poco normal. Su esposa siempre lo esperaba para cenar juntos, por un momento sintió miedo, se preocupo de que ella no estuviera en casa y algo malo hubiera pasado. México, al igual que todas las ciudades grandes de cualquier país es peligroso, y más al caer las sombras de la noche. Cerró la puerta con seguro y se dirigió de inmediato a la habitación para cerciorarse que ella estuviera ahí. Allí estaba, dormida con un querubín, extendida sobre toda la cama como niña traviesa que después de jugar todo el día cae rendida por el cansancio. La diferencia era que su esposa no era ya ninguna niña. Pero ahí estaba, linda, bella, con ese cuerpo de diosa que conservaba desde que él la conoció por vez primera. Se quedo un buen tiempo observándola, admirando cada parte de ella, su respiración, su inconciencia debido al sueño, sus rasgos. Quiso por un momento despertarla a besos, hacerla suya. No pudo, prefirió dejarla dormir, ya habría tiempo de sobra para amarla. Se dirigió a la cocina para comer algo ligero antes de unirse a su esposa y descansar. Sobre la mesa estaba el libro que Flor había llevado y solo lo había puesto ahí. Godoy sintió curiosidad por ver de que libro se trataba, lo tomo entre sus manos y le sorprendió mucho quién lo había escrito. Se trataba de un poemario de Tolomeo Vásquez Moreno. Se le vinieron muchas imágenes a su mente, recordó cuando él, siendo aun mas joven lo había entrevistado por vez primera en el famoso pasaje, se le vino a la mente cuando la niñita indígena se unió al grupo llevada por la esposa del poeta. Después cuando lo entrevisto por segunda vez en el restaurante, la fogata, y por cierto, el señor Tolomeo había pagado la cuenta y se había salido haciéndole creer que él la tenia que pagar. Godoy en ese momento no pudo evitar sentir nostalgia por el pasado. Con el libro en sus manos empezó a leer algunos versos, sin llevar un orden, barajeaba el libro de principio a fin y viceversa. Encontró uno que le llamo la atención, era una poesía de amor, la leyó y mientras la Leia pensaba en su amada mujercita, era como si Tolomeo se la hubiese dedicado especialmente para ella. {Que sensibilidad tiene realmente este hombre.} Pensó dentro de si. Mientras se servia un cereal con leche, repasaba las hojas y su contenido del libro de Tolomeo Vásquez Moreno. Curiosamente, a pesar de conocer gran parte de la vida de ese hombre, pues en la entrevista aquella él mismo le había revelado secretos de su vida intima. Aun así, no habían tenido nunca la oportunidad de leer un libro de este gran poeta. Leyó con gran interés unos cuantos, después lo dejo en el lugar de donde lo había tomado y se dirigió al cuarto para acompañar a su esposa en ese viaje largo y misterioso llamado sueño.

Al día siguiente, durante el desayuno y antes de que se fueran cada uno a hacer sus labores cotidianas, Godoy no pudo resistir la tentación de preguntarle a su mujer sobre el libro. La intriga sobre, de donde lo había sacado y por qué en especial ese poeta, le había despertado una curiosidad verdaderamente inverosímil. Habiendo tantos y tantos libros de poesía y cientos de poetas. ¿Por qué Tolomeo?. Ella, con una tranquilidad realmente sorprendente, para como se encontraba Godoy, le respondió que un cliente de uno de los abogados se lo había recomendado desde ya hacia tiempo y que ayer mismo se lo había llevado para que lo leyera. Después su esposa le devolvió la interrogante con una pregunta. ¿Por qué, lo conoces?. Godoy sin pensarlo dos veces le respondió que si. Ella dejo de comer y mirándolo de frente a los ojos le volvió a hacer una vez mas la pregunta pero esta vez con mas énfasis. ¿Lo conoces?. De verdad. ¿Conoces a este hombre?. El lo volvió a confirmar con un rotundo, si, si lo conozco. Mientras Flor seguía disfrutando de su exquisito desayuno, aprovecho para seguir interrogando a su marido sobre el poeta, escritor del libro.

---- ¿En donde?. ¿Por qué nunca me lo habías platicado? ¿Cuando lo conociste?.---- En ese momento, Flor se convirtió por naturaleza propia de la mujer, en la reportera y Godoy en el entrevistado.

---- Hace ya varios años atrás. De hecho, fue poco tiempo antes de que te conociera. Se llama Tolomeo Vásquez Moreno. Este hombre fue a dar un recital a la casa de la cultura y el director del periódico me dio la oportunidad de ir a entrevistarlo. Es una fina persona, es un hombre culto y con valores que créeme… me dejaron un poco boquiabierta.

---- ¿Por qué…? ¿Por qué…? Cuéntame amorcito.

---- Reinita hermosa, se me hace tarde y creo que a ti también, tratare de llegar un poco más temprano para seguir platicándote sobre este señor y aprovechar a leer algunas de sus obras. Durante el transcurso del día, Godoy trajo en la mente a Tolomeo, a su esposa, recordando, viviendo una vez mas aquellas charlas en donde el poeta se expresaba libremente. Recordaba también cuando lo vio recitando en la casa de la cultura. No pudo resistir querer saber mas sobre él y le pregunto a su jefe inmediato. El licenciado Patiño Lombard Ramos, director del periódico en la ciudad de México, su puesto de jefatura y encargado de la empresa abarcaba también al D.F.

---- !Tolomeo…! !Tolomeo…!. No, no recuerdo a ningún poeta de nombre Tolomeo Vásquez Moreno, en realidad a mi no me gusta mucho la poesía. Pienso que es para gente que no tiene mucho que hacer.---- La respuesta del lic. Patiño dejo a Godoy un tanto desconcertado y a la vez triste. No podía creer que un director de periódico, no supiera de la existencia de un artista reconocido a nivel mundial. Pensó que seria mejor preguntarle al reportero encargado de la sección de espectáculos, cultura y sociedad. Era una hermosa joven de unos veintisiete años, no más. Piel morena clara, cabello negro azabache y ojos grandes, expresivos, parecieran un par de almendras. El cuerpo de esa joven, no se diga. Pareciera que fuera una diosa del olimpo encarnada. La naturaleza se había complacido de forma un tanto caprichosa en darle a esa mujer todo a manos llenas. A pesar de que Godoy amaba y veía a su esposa como la mujer más sensual y bella del planeta tierra, no pudo encubrir su admiración por esa otra fémina que tenia frente a él. Realmente era una mujer sumamente atractiva, pocas veces se podía ver a un ejemplar del sexo femenino con esas formas. Si bien es sabido, toda mujer es bella, pero hay unas que sobresalen más que otras. Godoy tenía al ejemplo perfecto frente a sus ojos. Trato de disimular su admiración y perplejidad frente a ella, la joven reportera sonrío de forma amable y amistosa con Godoy.

---- !Hola!. ¿Eres relativamente nuevo aquí verdad?. ---- Pregunto la periodista a Godoy.

---- Si, tengo poco tiempo de estar trabajando aquí en esta ciudad.

---- No eres de aquí. ¿Verdad?.

---- No, soy de la ciudad de Durango. El licenciado Patiño Lombard me ofreció el trabajo aquí en México y pues, aquí estoy.

---- Que bien, me da gusto por ti. Bienvenido al club.---- se soltó riendo la muchacha como si eso le hubiese causado mucha gracia.

---- Gracias.---- Contesto Godoy en respuesta a la bienvenida por parte de ella. Después aprovecho para preguntarle por lo que le interesaba saber.

---- Disculpa, por cierto. ¿Como te llamas?.

---- Luz Juana Contreras Aguilar a tus ordenes. ¿Y, tú?.

---- Godoy Ramos de la Cruz. También a tus órdenes.

---- Gracias Godoy. Y, dime. ¿Que es lo que deseabas saber?.

---- Ah si. ¿Sabes algo sobre el poeta llamado Tolomeo Vásquez Moreno?.

---- Muy poco.---- Contesto ella. ----Ya no he escuchado mucho de él. Se ha apagado en el medio artístico de la poesía. He leído algo de ese señor. Es bueno.---- Afirmo ella meneando la cabeza de forma lenta.

Después de haber intercambiado alguna información sobre el poeta, Godoy se despidió de ella estrechándole la mano con delicadeza, se trataba de una dama y quería dar una buena impresión con ella. La muchacha al momento que él le estrechó la mano, ella lo jalo para despedirse con un beso en la mejilla. Godoy se sonrojo y con una sonrisa amable y nerviosa se despidió de Luz Juana una vez más.

Terminando las clases en la tarde, Godoy se dirigió a su casa. Su bella y cariñosa mujer ya lo esperaba con la mesa servida, un par de copas y una velas encendidas, un florero en medio de la mesa. Las luces del departamento estaban apagadas. Se respiraba un ambiente de romanticismo, había amor en cada rincón de ese departamento. En cuanto abrió Godoy la puerta, Flor se le lanzo al cuello para abrazarlo cual leona en celo. Lo recibió a besos como novia recién casada. Godoy, aunque con sorpresa, le correspondió de la misma manera besando esos labios carnosos de color rojo que su mujer apretaba con gusto y placer, dejando caer el maletín sobre el piso de madera en la sala y tomándola de la cintura, la levanto en peso para luego dejarla caer con suavidad. Godoy se sentó en la mesa mirando con suma atención cada adorno que decoraba a esa pequeña mesa. ---- Mira mi amor. Prepare comida Italiana para cenar.---- El vino también era de exportación italiana, un Lambrusco, hecho con uvas de la mejor calidad. Mientras disfrutaban ambos de las delicias de la gastronomía Europea, Flor trajo de la recamara el libro de poesía de Tolomeo Vásquez Moreno, le dio un trago a su copa de vino como para agarrar valor y se dispuso a declamar una de las tantas poesías que se encontraban en el libro. El poema se intitulaba. Besos a flor de piel. Se trataba de un poema romántico, con un ritmo único en su elaboración y la forma en que el autor lo escribió demostraba que Tolomeo estaba realmente enamorado de alguna mujer. Después de la cena, Flor se puso de pie y llevando a su marido a la cama, le dio otra sorpresa. La alcoba estaba completamente tapizada de pétalos color rojo y blanco, simbolizando así, el amor y la pureza que había en su matrimonio. Godoy era realmente afortunado al tener una pareja como lo era Flor. Dulce, cariñosa, tierna, hermosa, cuidadosa; la mujer perfecta que cualquier hombre desearía tener en casa. Ambos se despojaron de sus prendas, tanto exteriores como interiores quedando solo con la ropa Adánica de un principio en que el hombre y la mujer fueron creados. Después de eso, ambos, aun desnudos y en estado agónico debido al cansancio físico por tanto amor, siguieron con la plática. Ella quería saber más sobre ese poeta, el interés fue creciendo pues al saber que su esposo lo había entrevistado, Flor quería saber más sobre ese artista, su vida. ¿Como vive un poeta? ¿Que hace? ¿Que come? ¿Que piensa? ¿Que le gusta hacer? ¿Que no le gusta? Godoy poco a poco le fue narrando a su esposa la entrevista, contándole pormenores de esa platica, detalles. En algunas cosas ya no se recordaba pues habían pasado varios años desde esa entrevista. Pero también le dijo que tenía la grabación, los archivos de ese encuentro. Flor pensó que tal vez seria buena idea buscarlos y hacer de esa biografía algo en grande.

---- ¿Te has vuelto loca mujer? Me podría poner una demanda por usar su vida intima y hacerla publica con fines de lucro.

---- Puede ser que tengas razón. ---- Contesto ella. ---- Pero si ese hombre, te confeso gran parte de su vida intima y privada, no fue solo para desahogarse. ¿Verdad? El sabía perfectamente que tú eras un periodista, lo hizo con la intención de que saliera de alguna u otra forma a la luz publica su vida.

Godoy se quedo pensando por un momento tocándose el mentón con su mano izquierda.

---- Lo voy a considerar, creo que tiene mucha lógica lo que me acabas de decir.

Y girando el cuerpo volvió a abrazar a su mujer que estaba aun sin ropa para seguirla besando de forma tierna. Ella, solo dejaba salir de entre sus labios pequeñas risitas de complacencia al sentirse mimada y protegida por su hombre, al que ella amaba con todas sus fuerzas.

Pasaron algunos días y Godoy Ramos pensaba en lo que le había sugerido su esposa, de hacer algo en grande con toda esa información biográfica del poeta Tolomeo. Pensó que pudiera ser buena la idea; solo que para eso tendría que buscarlo, saber de él, hablar con él, pedirle permiso tal vez, al fin de cuentas era su vida y nadie tenía derecho a usarla o publicarla sin su consentimiento. Se dio la tarea a buscar a Tolomeo Vásquez Moreno por días, pero sin ningún éxito. Fue a instituciones de arte, a diferentes casas de cultura que estaban en diferentes ciudades alrededor de la ciudad de México, el D.F., incluso llego a buscar información de él en ciudades cercanas a la capital como Toluca y Puebla. En una de sus búsquedas conoció un pueblito a orillas del volcán Popocatepetl, llamado Amecameca. Ahí paro para descansar y conocer, el lugar era realmente bello, pintoresco, parecía como sacado de una novela o un cuadro de Diego Rivera. Le compro a su mujer unos recuerditos, sabia que le gustarían. Godoy gastaba su tiempo de forma un tanto inútil en buscar o saber del paradero de Tolomeo. Un día, cuando él no se esperaba nada. Lo encontró la reportera de cultura, Luz Juana Contreras, al parecer tenia noticias sobre Tolomeo. Luz Juana fue hasta el cubículo donde se encontraba Godoy para decirle donde podía hallarlo. Se trataba de un complejo de apartamentos en la colonia Polanco. Vivía de forma modesta, sin muchos lujos, se seguía manteniendo dando clases de literatura y español en una secundaria. Tenía dos clases en la mañana y dos en el turno vespertino. Al parecer, sus poemas ya no estaban de moda, el tiempo había pasado y la gente se fue olvidando de este poema como suele pasar con la mayoría de los artistas. Godoy se entristeció al escuchar esto, nunca se imagino que aquel hombre tan lleno de vida y talento terminara sus días en las sombras del olvido. Cuando la fama llega, el publico quiere traer al artista casi hasta en brazos, cuando el artista pasa de moda, ¿quién se acuerda de él?. Godoy le pidió la dirección de la escuela secundaria en donde Tolomeo impartía sus humildes cátedras. Luz Juana le dijo que era la secundaria numero treinta, la dirección no la conocía, pero que podía sacarla de la computadora, o bien, llamando a información, estos le proporcionarían el numero de teléfono y solo tendría que hablar para saber donde estaba ubicada. A Godoy le pareció excelente la idea, le dio las gracias a su compañera de trabajo y esta se despidió de él dándole un beso en la mejilla nuevamente. Godoy no lo tomo a mal, al parecer era una costumbre un poco arraigada de la periodista despedirse de esa manera tan peculiar.

Al siguiente día, Godoy aprovecho que estaba relativamente cerca de la colonia Polanco y fue a buscar la dichosa secundaria en donde Tolomeo trabajaba. Después de un par de horas pudo encontrarla, se introdujo en la institución educativa y fue a la oficina para preguntar por Tolomeo Vásquez Moreno. Hacia una hora que se había ido, le informo la secretaria. Volverá en la tarde, replico nuevamente la mujer sin que este le preguntara más por él profesor. Godoy se retiro rumbo a la oficina del periódico un poco triste por no haber podido hablar ni ver a Tolomeo, pero a la vez contento y con esperanza pues sabia en donde trabajaba y eso representaba, hablar con el poeta una vez mas después de casi seis años desde la ultima vez que lo entrevisto en la ciudad de Durango. Llegada la tarde y la hora que la mujer que dijo que estaría el profesor en la escuela, Godoy fue una vez mas para entrevistarse con él poeta. Llego a la secundaria, entro a la instalación y busco de salón en salón al profesor y poeta, Tolomeo Vásquez Moreno. Ahí estaba, serio, con una formalidad digna de un hombre de letras, su vestimenta casi igual a la que había llegado a Durango, un saco de pana color verde, camiseta blanca y pantalones de mezclilla, unos anteojos que le daban aun más clase como de un intelectual, un hombre culto que se bebe los libros en una sentada. Su aspecto era más viejo, un poco mas acabado que hace seis años. Si, pero aun se le veía esa chispa, esa modesta personalidad que lo hacia verse diferente. Godoy se fue acercando poco a poco al ventanal del aula en donde se encontraba el artista impartiendo sus clases. Se planto de frente, mientras Tolomeo, distraído y concentrado no se percataba de que alguien fuera de la clase lo observaba detenidamente. Los alumnos empezaron a distraerse y esto provoco que Tolomeo dirigiera su mirada hacia afuera, vio solamente a un hombre bien vestido, pero no supo de quién se trataba, empezó a caminar desde el final del salón de clases hasta la puerta de salida para hablar con el desconocido.

---- A sus órdenes. ¿En que le puede ayudar?

---- Buenas tardes señor Tolomeo.¿ Me recuerda?

Tolomeo se quedo mirando al hombre con curiosidad, la memoria se empeño en hacerlo sufrir por unos momentos.

---- No... no lo recuerdo. ¿Quién es usted?

---- ¿Recuerda la entrevista en la ciudad de Durango, hace aproximadamente seis años atrás?.

El poeta se quedo pensando por un buen tiempo, observando a Godoy, como si se tratara de una broma o algo parecido. De pronto dejo escapar una ligera sonrisa de entre sus labios, su rostro se fue suavizando y sus ojos empezaron a brillar. Tolomeo le extendió la mano a su antiguo entrevistador. Se la estrecho con una fuerza como queriéndosela quebrar. El poeta desplegó una ligera alegría que se pudo notar perfectamente. Se disculpo con el reportero por no poderlo atender en ese momento, el trabajo le demandaba estar ahí, impartiendo sus clases, enseñando, capacitando a los hombres y futuros profesionales del mañana. (siempre y cuando el país tenga suficiente trabajo para ellos). Godoy comprendió y no lo tomo a mal. Se quedaron de ver mas tarde, Godoy esperaría una hora aproximadamente para poder tener una charla con el artista, esta vez, nada que ver con el trabajo, solamente social, puramente social. El recordar viejos tiempos tal vez le haría bien a Tolomeo, Godoy pudo notar a simple vista un desinterés y una depresión en el artista. Pero, ¿por qué?. Eso era algo que le interesaba saber. Desde la última vez que lo vio y hablo con él, se quedo con una imagen positiva de un hombre luchista, positivo, emprendedor, culto. Ahora se podía ver en su persona otro Tolomeo, quién lo viera por la calle jamás se imaginaria que era un artista, todo un poeta reconocido en varios países. A simple vista se miraba como cualquier transeúnte, un numero mas en una ciudad que tiene gente de sobra. Por fin las clases terminaron y Godoy invito a Tolomeo a tomarse algo, una gaseosa, una cerveza, un café, que mas daba que tomar, lo importante era platicar, hablar, ese era el punto principal de haber buscado al poeta por cielo, mar y tierra. Se fueron los dos caminando hasta llegar a un café bohemio a pocas cuadras de la escuela. Al principio la charla fue un tanto vaivén de preguntas por parte de los dos. Godoy le explico la razón de su estancia en la ciudad de México, su cambio, su progreso. Le contó también acerca de su matrimonio con su esposa Flor. De las clases que tomaba por las tardes para superarse en el ámbito periodístico. En fin, Godoy le platico santo y seña a Tolomeo sobre su nueva etapa en la capital como si fueran amigos de hace mucho tiempo. Tolomeo solo escuchaba, lo observaba; de pronto Godoy se vio interrumpido por una pregunta directa que le hizo él poeta al joven periodista. ¿Que paso con todo lo que escribió sobre mi?. Godoy no se esperaba tal pregunta y callo de pronto, se quedo mudo por fracciones de segundo. Después recupero el momento por el que estaba pasando y contesto la verdad sin traba alguna. Le explico que

trato de hacer lo posible por publicar todo lo que se había hablado en aquella ocasión, de hecho, su rebeldía casi le cuesta el puesto pues se disgusto bastante con el director del periódico en Durango. Al final, se dio cuenta que sus esfuerzos serian en vano pues él solamente era un simple reportero con poco tiempo en la prensa. El poeta solo se quedo callado, no pronuncio ni una sola palabra. Godoy no quiso decir mas, sentía que en el fondo ese hombre escondía algo, una tragedia, un dolor, una pena que no quería compartir tal vez con nadie. Tolomeo le dio un trago a su café, siguió pensando, con la mirada perdida; fuera del café bohemio, en otro lugar tal vez, en otro tiempo, en otro espacio. De pronto reacciono y volvió al presente, en donde estaba Godoy frente a él.
---- Todo se vino abajo, la "fama", la reputación, los amigos.---- Soltó una risa sarcástica cuando pronuncio la palabra amigos. Después continúo hablando. ---- Basto cometer un error para que todo se acabara.---- Volvió a darle otro sorbo a la taza de café y siguió pensando. Godoy solo lo observaba, no pronunciaba palabra alguna pues sentía que el maestro estaba pasando por una crisis emocional y psicológica. Después de un buen transcurso de tiempo, prudente para el reportero, se atrevió a preguntarle que era lo que le pasaba. Tolomeo lo miro de manera fija, le dio otro pequeño trago a su café y le dijo: {Ciento no poder complacerlo esta vez mi ilustre joven.} Se levanto de su silla y se fue caminando perdiéndose entre las multitudes de gente que transitaban por una conocida calzada de la gran metrópolis azteca. Godoy solo lo vio desaparecer entre los nubarrones de humanos que caminaban a la par de él poeta.

Después de un par de horas, Godoy se levanto de su mesa y se fue caminando solo. Pensaba en ese hombre, en Tolomeo. Se veía mas acabado físicamente, las canas le pintaban su cabello dándole un toque interesante y a la vez avejentado, pero también se le podía notar un animo algo pusilánime, la pregunta era: ¿Por qué?. Godoy se propuso indagar todo cuanto pudiera sobre la vida del poeta. Se convertiría en su sombra, seguiría cada paso, cada movimiento. Le pediría ayuda a su compañera de trabajo, a esa coqueta que en cualquier oportunidad le firtriaba. Le pediría ayuda al propio director del periódico si fuese posible.

Godoy tuvo la respuesta que esperaba por parte de Luz Juana Contreras, su colega y ahora cómplice de la investigación. Luz Juana empezó a investigar en archivos ya pasados de las bibliotecas, periódicos y revistas culturales que estuvieran a lo largo y ancho de la republica mexicana. Godoy por su parte, gastaba parte de su tiempo en seguirlo; parecía más detective que periodista. Lo esperaba por lo general cerca de la secundaria en donde impartía clases para subsistir, de ahí, lo seguía para donde Tolomeo se dirigiera. Ya hace algún tiempo había dejado de dar cátedras para las universidades, ni que decir de las extranjeras, esas lo habían olvidado. De no ser por un buen amigo Tolomeo no tendría trabajo en nada.

Un martes por la mañana, Luz Juana fue directamente a buscar a Godoy a su cubículo. Tenia información sobre Tolomeo Vásquez Moreno de hace cuatro años atrás. El poeta había estado tras las rejas por un mes y tres días. Estuvo en la famosa cárcel de Santa Martha. Ahí los presos le pusieron de sobrenombre el soñador, por eso de la poesía. Godoy se quedo boquiabierto cuando su hermosa compañera le dio esa información sobre Tolomeo. No lo podía creer. ¿Que habría hecho ese hombre para haber estado encerrado?. !La esposa!. En el tiempo que lo había estado siguiendo e investigándolo, la esposa de Tolomeo no estaba, siempre se le veía a él solo, sin nadie que lo acompañara a ningún lado. Incluso al entrar y salir de su apartamento, solo… siempre solo.

Una semana después, Godoy y Luz Juana fueron a las oficinas del canal quince, Luz Juana tenia un antiguo pretendiente en ese canal y tal él los podría ayudar un poco más a saber las razones del arresto del poeta Tolomeo Vásquez Moreno. El individuo era un tipo alto y robusto, facciones un poco toscas con la nariz aguileña, ceja tupida y tez morena. Un poco feo, pero de cuerpo muy varonil, pelo en pecho y barba cerrada. Parecía guarura más que camarógrafo de televisión. Afortunadamente el tipo era bastante cortes y atento, por suerte se encontraba dentro de las instalaciones del canal, así es que tan pronto este vio llegar a Luz Juana corrió para recibirla y plantarle tremendo beso en la mejilla con una efusión que puso a Godoy un poco apenado. La guapa reportera introdujo a su compañero con el camarógrafo que se llamaba Pablo Siqueiros Beltrán. Este, siendo un hombre educado y atento, de inmediato le extendió la mano a Godoy en plan de saludo. Siqueiros pidió permiso en su trabajo para ausentarse por unos cuantos minutos he ir a tomar algún café con su antigua amiga y Godoy. Después de recordar viejos tiempos y divertidas aventuras. Pablo, un poco intrigado por tan inesperada visita, pregunto cual era la causa a tan sorpresiva llegada. Godoy le explico de forma rápida y sin tantas explicaciones la razón que tuvieron al buscar su ayuda. Pablo se quedo pensando por un par de minutos; después de eso levanto las cejas, los ojos se le alzaron como un par de globos y chasqueo los dedos haciendo memoria de algo. Había recordado que él y uno de los reporteros del canal habían cubierto esa noticia. Las caras de alegría no se hicieron esperar en ambos periodistas y alzando en par sus tazas de café, brindaron por ese triunfo. Los dos sabían perfectamente que era el inicio a una cadena de sorpresas por parte del poeta. Fijaron un día para poder charlar mejor con el camarógrafo. Así, este se podría extender más sobre todo lo que pudiera saber de Tolomeo.

Mientras los días pasaban, antes de poder entrevistarse con Pablo Siqueiros por segunda ocasión; Godoy decidió que era prudente concentrarse también en su escuela, su trabajo y sobre todo… su muy querida esposa. Ya había gastado demasiadas energías y tiempo en saber la vida del poeta en pasado y presente. Era ahora tiempo de volver a lo suyo, sus actividades cotidianas.

****

El timbre del auricular despertó a la pareja Ramos en su modesto departamento de la colonia Linda Vista exactamente a las cinco y media de la mañana. Era sábado y esa llamada hacia aun más extraña la cosa. Godoy contesto el teléfono con la voz grave, un poco afónica por estar aun dormido y con los sentidos puestos en otra dimensión. Se trataba de Luz Juana, tenia que decirle algo realmente urgente sobre Tolomeo. Godoy se reincorporo de la cama y poniéndose las pantuflas se desplazo de la recamara hacia la pequeña sala comedor para no molestar a su mujer que dormía como bebe de escasos meses.

---- ¿Que pasa Luz?.

---- Se trata del poeta.

---- ¿Que pasa con Tolomeo? ¿Le paso algo?

---- Trato de suicidarse anoche y ahorita esta en el hospital del seguro social.

---- ¿Que?

---- Lo que oyes. Yo también no podía creerlo.

---- Salgo para allá inmediatamente.

---- Espera, Godoy.

---- ¿Que pasa? ¿Hay algo más?.

---- Esta en terapia intensiva. No permiten la entrada de nadie.

---- Siendo así, tratare de ir mas tarde. Gracias por la información.

Godoy colgó el aparato contristado por la desdicha de ese hombre, se preguntaba por qué atentaría contra su vida, que problema tan fuerte tendría para llevarlo a tan drástica decisión. No podía evitar el sentirse mal, a pesar de no conocerlo lo suficiente, Tolomeo le agradaba, sabia que era un buen hombre, el poco tiempo que había tenido de tratarlo había comprobado que Tolomeo era un excelente ser humano. El sueño se le voló y ya no pudo seguir durmiendo, solo se recostó al lado de su esposa y no dejo de pensar en ese desdichado hombre que le había cambiado la vida de la noche a la mañana de forma drástica he inesperada. Cuando Flor, la esposa de Godoy despertó, este ya se había dado una ducha, preparado el desayuno y estaba listo para salir. La sorpresiva mujer puso una cara de azoró pues era poco común que su marido hiciera estas cosas.

---- El desayuno esta servido corazón. Huevitos revueltos con papita rayada, jamón, un juguito de naranja y pan tostado con mantequilla. ¿Que te parece?.

---- !Formidable!

---- Después, quiero que te prepares pues iremos juntos a visitar un viejo amigo.

---- De ¿quién se trata?.

---- Será una sorpresa, ya lo veras.
Godoy se sentó a la mesa y mientras disfrutaba los manjares que el mismo había preparado, extendió el periódico como todo un hombre importante y se puso a leer las noticias de esa mañana. Su esposa solo comía sin decir palabra. La verdad era que, cuando Godoy se lo proponía, era un excelente cocinero. Tanto tiempo viviendo solo en la ciudad de Durango, tenía por fuerza que saber sobrevivir dentro de la cocina.

Un par de horas mas tarde ambos salían de su apartamento para dirigirse al hospital del seguro social. Eso despertó mas la curiosidad de Flor, que sin saber de quién se trataba solo se dejaba guiar por su marido a donde este la llevara. Mientras Godoy preguntaba a una de las recepcionistas del hospital, Flor se quedo un poco atrás mirando a una mujer que salía con su bebe recién nacido. El instinto maternal atrajo la atención de la esposa del reportero y detuvo a la mujer para hacerle unos cuantos cariños a la criaturita. Godoy sabia que en el fondo su amada esposa deseaba un hijo. Trato de no ponerle atención a lo de su mujer y se concentro en indagar sobre Tolomeo. Efectivamente, el poeta se encontraba en terapia intensiva, al parecer había ingerido una fuerte dosis de fármacos con la intensión de no sentir ya más dolor en esta vida. Aun nadie sabía las razones, pero los doctores se inclinaban a pensar en una posible depresión crónica desde que su mujer lo dejo. Godoy abrió más los ojos cuando una de las enfermeras le dio esa noticia. El periodista se retiro del hospital llevándose a su esposa mas intrigada que al principio. Pero la curiosidad innata del sexo femenino pudo más que todo y durante el camino fue acosando a su esposo con toda clase de preguntas. Godoy no tuvo otra alternativa mas que decirle a su cónyuge de quién se trataba.
---- ¿Tanto misterio solo por ese hombre?.
---- Bueno... yo pensé darte una sorpresa, al fin y al cabo te gustan sus poemas y pensé que querrías conocerlo en persona.
---- Gracias mi amor. Avísame cuando pueda recibir visitas, tengo curiosidad por hablar con ese poeta. Sabes... tengo interés por conocer el museo de antropología. ¿Vamos?
---- Tus deseos son ordenes mamita.

Godoy considero prudente dejar pasar el fin de semana para que Tolomeo se recuperara y así poder verlo y conversar con él. Ese mismo lunes por la mañana, el reportero, antes de llegar a las oficinas del periódico, se desvío camino al hospital para visitar a su enfermo artista. Una de las enfermeras le indico que se encontraba internado en el tercer piso, estaba en recuperación y en ese momento se acompañaba por unos de los psicólogos de la institución. Godoy subió por el elevador dirigiéndose hacia el cuarto numero trecientos quince. Trato de no hacer demasiado ruido al entrar, la puerta esta semiabierta, dentro de la habitación no había el menor ruido, estaba completamente callado y solo e asomaba un ligero rayo matutino que se colaba por las cortinas mal cerradas. En la cama estaba la silueta de un hombre volteando dirección a la ventana, se veía distraído, absorto, tal vez observando ese diminuto rayito de luz, juguetón, era como si el sol se filtrara para darle los buenos días. Godoy entro a la estancia casi de puntillas, tratando de no distraer su tranquilidad. Tolomeo sin mover un solo músculo de su cuerpo o rostro le dio las gracias por visitarlo.

---- Muchas gracias por venir a visitarme joven.

---- Pero… ¿Como supo que se trataba de mi?

---- Más sabe el diablo por viejo… que por diablo. Me informaron que habían venido a visitarme. Supuse que era usted, quién mas. A estas alturas de mi vida nadie se acuerda de mí.

---- No diga eso Tolomeo. Usted fue un gran poeta y lo sigue siendo aun para muchos, incluyéndome yo.

---- Gracias. De verdad se lo agradezco. Dicen por ahí… que los verdaderos amigos son aquellos que te visitan en el hospital o en la cárcel. ¿Será cierto?.

Tolomeo volteo la mirada hacia donde estaba el reportero y se le quedo viendo con la mirada triste. Sus ojos pedían hablar con alguien, desahogarse, confesarse, simplemente charlar. Godoy se le acercó a su lecho y le tomo la mano como si tratara de su mismo padre. Tolomeo lloro. Debido al tiempo tan reducido con que contaba el periodista tuvo que despedirse del poeta de forma apresurada, pero prometiendo volver a verlo, lo buscaría para ampliar más esa conversación pendiente que tenían que saldar. Considero prudente dejar que pasaran unos días antes de buscarlo de nuevo, no sabia cuanto tiempo estaría en el hospital, de cualquier forma fue a buscarlo al cuarto día después de haberlo visto. Al llegar al nosocomio una de las enfermeras encargadas le aviso que Tolomeo había dejado la habitación un día antes. Godoy se dirigió a la secundaria en donde el poeta impartía sus cátedras vespertinas. Ahí estaba, puntual como siempre, con ese porte que lo distinguía como un artista, como alguien que se da a las letras, al arte, a la bohemia. Sus jeans, zapatos casuales y su siempre acostumbrado saco de pana color gris, esos anteojos que le daban un aire aun más interesante al hombre. Godoy se asomo por la vitrina del aula en donde se encontraba el poeta junto a todos sus educandos. El poeta le hizo una seña indicándole que lo esperara, el reportero se retiro de la ventana. Espero aproximadamente una media hora antes de poder saludar nuevamente a Tolomeo. Decidieron ir al café de siempre, los dos ordenaron un par de bebidas para hacer el tiempo un poco más ameno.

---- Y dígame. ¿Por qué tanto interés en mi?.---- Pregunto Tolomeo con desconfianza.

---- Le seré franco. Desde que lo entreviste en la ciudad de Durango, usted fue de mi agrado, lo considero un hombre capaz, culto y con una moral intachable.

---- Las apariencias engañan mi estimado joven. De cualquier forma le agradezco mucho el que me tenga en ese concepto.

---- No. No lo creo. Tal vez en algunos casos, pero no en este.

El dialogo continuo pero sin que Tolomeo dijera palabra alguna sobre el problema que tuvo y el por qué estuvo en la cárcel. Godoy no quiso hacerle preguntas sobre el tema, mas bien hizo que el poeta le tomara confianza. Lo dejo hablar, desahogar un poco las penas, pero no lo que el reportero quería saber. El periodista discretamente le pregunto por su esposa. Tolomeo bajo la mirada, la sonrisa que se dibuja en sus labios se borro de forma súbita. Cambio el tema de forma brusca y se disculpo con Godoy pues no se sentía preparado para hablar de su ex mujer. El joven periodista respeto su decisión y le dijo no volver a tocar el tema al menos que él quisiera hablar primero.

IX

El mes de Diciembre en la ciudad de New York, el frío azotaba la gran urbe de rascacielos cual navajas de barbero recién afiladas. Los ciudadanos de esa metrópolis hacían su vida rutina caminando por las diferentes venas de la ciudad. El vapor que salía de las alcantarillas daba un aspecto novelesco al gran Manhattan y otros suburbios de la gran manzana. Tolomeo y su esposa estaban de vacaciones en esa ciudad norteamericana. El emporio celebraba su quinto festival de poesía hispanoparlantes. Tolomeo era uno de los invitados de honor, representaba al país azteca junto a otros dos poetas de México; uno de ellos llamado Daniel Cosme de la ciudad de Puebla y una poetisa de nombre Ruth Carbello Castro de la ciudad de Guanajuato. Entre otros artistas estaba también un representante de Chile, el Salvador, Colombia, Argentina, Costa Rica y Perú. Por supuesto, no podían faltar dos representantes del país anfitrión, Estados Unidos. Uno de ellos llamado Pedro Zamudio y una mujer, anglosajona pero que dominaba a la perfección el castellano, ella era Linda White. Profesora de Español en una High Scholl y defensora de los derechos hacia los indocumentados en la ciudad de Dallas, Texas.

Tolomeo y su mujer, acostumbrados a toda esa clase de eventos, realmente no les sorprendía nada nuevo, con excepción de la gran ciudad neoyorkina. Sus edificios, realmente impresionantes, el parque central, los museos, el time Squire. Lo mas grande, la opulencia, el glamour, todo eso se podía ver en New York. Pero también se podía ver lo peor. Lo más bajo; las pandillas, la pobreza, el peligro, la delincuencia, la drogadicción, sin mencionar tampoco el oficio más antiguo del mundo. Fueron cinco días en lo que Tolomeo junto a su mujer disfrutaron de esa ciudad. Durante ese periodo, la pareja hizo buena amistad con el poeta Pedro Zamudio, un pocho oriundo de la ciudad de los Ángeles, California. Hubo simpatía y el afecto empezó a mezclarse con la confianza. Este poeta nacido en los Estados Unidos pero de padres mexicanos tenia un estilo de vida bastante liberal. Desafortunadamente ese liberalismo se emplea de diferente manera confundiéndolo con libertinaje, lo que es muy común en el país del norte. Tolomeo podía notar eso, siendo un hombre culto y de letras, observaba el modo de vida de los gringos, tratando de imitar a los Europeos en su estilo. Los cafés al aire libre y otras cosas más, muy a la manera de los franceses, italianos, ingleses, etc. Realmente la supuesta libertad de los norteamericanos es una fantasía, es como ir al parque de Disney Land y conocer al famoso Mickey Mouse. ¿Como se puede tener libertad en un país en donde las veinticuatro horas del día y los siete días de la semana son trabajo, trabajo y más trabajo? ¿Como se puede tener libertad en un país en donde saben y conocen tus movimientos, en donde vives, a donde te mueves y más, con ese mentado numerito llamado Social Security? Estados Unidos es un país capitalista, y por lo tanto, la población se esclaviza al sistema y el sistema mismo exige que sea de esa forma. Tolomeo, su esposa y Pedro sostenían charlas acaloradas sobre política, especialmente del territorio norteamericano. Hablaban de Santa Ana, de Villa, de Kennedy, de Washington y de cómo los indios pieles rojas, Sioux, Apaches, Mezcaleros y otras tribus habían perdido sus tierras.

De todas esos coloquios nocturnos dentro de la habitación del hotel, Tolomeo nunca había observado la mirada interna, provocativa y coqueta con que su mujer observaba al poeta México- Americano. ¿Demasiada confianza? Tal vez, pero para Pedro esas miradas no pasaban desapercibidas. De forma discreta las correspondía a espaldas de Tolomeo. Un día, las copas se le pasaron más de la cuenta a Tolomeo y se quedo dormido en el piso como niño después de haber jugado todo el día. No había nada que lo despertara. Pedro y Dolores aprovecharon la ocasión para dar rienda suelta a sus instintos carnales y satisfacer así los deseos comprimidos que guardaba cada uno. Se besaron, se acariciaron, se dijeron palabras cursis, se desnudaron y se fundieron en la cama como si fuesen un mismo cuerpo. Pedro arriba de ella, ella arriba de él, practicaron toda clase de poses, saborearon sus miembros uno del otro, volvieron a tomar otras copas, brindaron por el amor, por la pasión. Pedro recito un poema para Afrodita, ella lo aplaudió siendo la única presente, se lanzo sobre Dolores a la cama cual tigre en combate, la tomo entre sus brazos, la volteo como si ella fuese a gatear y cuando la penetraba con dominio absoluto... Pedro lanzo un grito de dolor. Era Tolomeo que le había acertado dos puñaladas en la espalda pensando que estaba violando a su mujer. Por alguna causa, los efectos del alcohol habían pasado y este levantándose de la alfombra, lo primero que vio fue una imagen grotesca. Los dos estaban de espaldas, viendo hacia la pared, Tolomeo al observar como fornicaban a su mujer entro en rabia, se levanto de forma sigilosa, un poco atolondrado y tomando un cuchillo que había en la habitación, pues horas antes les habían llevado la comida hasta el cuarto, se acercó a su rival y lo hirió con dos mortíferas cortadas, una provocando un sangrado interno pues había dañado un riñón. Pedro cayo a un lado del lecho inconciente, Dolores gritando como loca al ver tal desgracia. Tolomeo al ver lo que había hecho, se quedo parado, soltó la daga con que había herido a su rival y continuo parado, con las manos llenas de sangre. Minutos mas tarde la policía entraba a la habitación del hotel con pistolas en mano y apuntando hacia Tolomeo el cual fue esposado de inmediato. La infiel mujer continuaba en estado de shock y no dejaba de llorar. Pedro fue mandado a un hospital pues su situación era realmente de gravedad. Afortunadamente se le pudo salvar la vida, pero nunca se volvió a saber de él. A Tolomeo se le declaro culpable de intento de homicidio en primer grado y se le sentencio a tres años de cárcel sin derecho a fianza. El gobierno de los Estados Unidos le cancelo su pasaporte de turista y se le prohibió la entrada a ese país de por vida. A la esposa de Tolomeo se le reporto a su país natal y ya estando ahí, se perdió entre la urbe y la gente. Hasta ahora, Tolomeo no ha vuelto a saber de ella. El divorcio se llevo a cabo y solo se sabe que ella se presento a firmarlo pidiendo se respetara su privacidad, pues no quería que Tolomeo supiese en donde vivía. Tres años después de que el poeta cumpliera su sentencia, regreso a su casa, solo, sin trabajo, sin amigos, pues todo el mundo se había enterado del percance, las puertas se le cerraron. Solo dos amigos lo frecuentaron, hasta la fecha lo siguen procurando. Tolomeo volvió a empezar, ya nadie se interesa en él. Los humanos, tendemos a juzgar al prójimo con una severidad absoluta, somos crueles para dictar sentencia a otros, cuando muchas veces nosotros mismos cometemos equivocaciones y faltas imperdonables.

Durante su estancia en prisión, Tolomeo hizo buenos amigos, conoció gente y su buena conducta lo llevo a ganarse el respeto de la mayoría. Tolomeo siempre había sido un hombre de paz. La ocasión cuando paso el percance, perdió los estribos, la reacción innata de defender a su pareja y eso, mezclado con el alcohol lo hicieron actuar de forma precipitada y hasta animal. Eso no le valió al juez que lo juzgo en la corte. Para ese hombre, simplemente Tolomeo era culpable y tenia que pagar. Mas aun, tratándose de un ciudadano del país mas poderoso del mundo. El consulado mexicano en la ciudad de New York trato vanamente de buscar el perdón para Tolomeo, pero no sirvió de nada. De cualquier forma el poeta nunca dejo la costumbre de escribir, la tristeza fue motivo de inspiración durante esos tres largos años. De ahí salio un libro titulado: **Tras las rejas.** De ese libro solo se vendieron unas cuantas copias. Al parecer nadie quería saber nada de Tolomeo Vásquez Moreno. Al año y medio de estar pagando su condena, recibió una carta de su todavía esposa, Dolores, la epístola decía de la siguiente forma:

Mi muy querido esposo.

Primeramente quiero pedirte perdón por todo el daño que te he causado, se muy bien que por mi culpa estas pagando algo que no te mereces. Soy una mala mujer y eso lo se de sobra. Realmente no tengo palabras para expresarme, me deje llevar por una simple locura, un arrebato de pasión y no pude detener a mi naturaleza de mujer. Le he pedido a Dios perdón y no te imaginas la conciencia como me esta atormentando en estos momentos, lo mínimo que puedo hacer es desaparecer de tu vida para siempre. No tengo cara para mirarte a los ojos, por eso he decidido desaparecer para siempre. Eres el mejor hombre que hay en este planeta y créeme que no exagero al decirlo de esta manera. A tu lado pace momentos maravillosos que cualquier mujer desearía. me arrepiento. pero se también que es demasiado tarde y de eso estoy sumamente conciente.

Que Dios te bendiga y te cuide siempre. Eres un hombre con demasiado talento. se que pronto volverás a salir delante de esta pesadilla.

Quién siempre te amara y nunca te olvidara: Dolores.

Tolomeo habiendo culminado con la lectura, doblo la nota y la guardo en el sobre en donde venia, se sentó en la pequeña cama de la celda y se quedo pensando por largo tiempo. No hablaba, a la hora en que los presos pasan al comedor por sus alimentos, Tolomeo no probo bocado alguno, decidió mejor darle su pan y una porción de arroz con frijoles y un pedazo de pollo frito al compañero que tenia al lado; este lo tomo de forma apresurada y lo empezó a ingerir como si el pobre infeliz no hubiese comido en una semana entera. A los pocos meses de estar encerrado, los mismos policías del reclusorio le tomaron confianza pues sabían perfectamente quién era Tolomeo y a que se dedicaba, ya los guardias y el director del penal habían investigado todo sobre el poeta. Así es que al poco tiempo le pidieron que les impartiera clases de español a los policías para tener mejor contacto y comunicación con los presos que no hablaban ingles. Eso beneficiaba a Tolomeo pues reduciría su sentencia y podría salir en menos tiempo. Los policías en poco tiempo llegaron a tomarle aprecio al artista, incluso algunos de ellos lo protegían de los demás presos que de alguna manera le tenían recelo a Tolomeo y en un par de ocasiones trataron de agredirlo. Desgraciadamente Tolomeo y con toda su buena conducta y el aprecio que le tenían todos, tenia que cumplir su sentencia. En una ocasión, uno de los policías le pidió de favor que le escribiera un poema a su novia, pues tenía pensado pedirle matrimonio y lo que quería hacer de la forma más romántica que pudiera. Tolomeo acepto y le sugirió que junto al poema le regalara una docena de rosas rojas, una caja de chocolates y entre los malvaviscos el anillo. El artista era un experto en el tema del romanticismo y sabía como derretir el corazón de cualquier dama, incluso las más rebeldes. Tolomeo cumplió su promesa, se inspiro en esa mujer a la que había amado con toda el alma y ahora era la causa de su infelicidad. Recordó cuando la conoció por vez primera, cuando la empezó a cortejar, cuando le dio su primer beso y cuando lleno de ilusión y amor le propuso matrimonio. Tolomeo lloraba en silencio mientras escribía ese poema lleno de amor y amargura, un poema que era para una mujer que tal vez el nunca conocería. Para la futura esposa del guardia de la prisión.

Tolomeo también impartía clases de español a los huéspedes de la cárcel que hablaban solo español en la prisión. Hombres que no habían acabado ni siquiera la primaria en sus pueblos natales. Tolomeo les enseñaba a escribir y leer. Después de la sentencia, Tolomeo fue echado a la frontera con el Paso, Texas. La ciudad fronteriza de Juárez, Chihuahua. Ahí pudo notar a orillas del famoso río bravo una cantidad considerable de tugurios, gente realmente humilde que vivían en el lado mexicano. Tolomeo llego sin dinero, sin ropa, con hambre. Pero eso si, libre y feliz una vez mas de gozar de su libertad. Se dirigió como pudo a la casa de un viejo amigo. Un escultor que había conocido en la ciudad de México y en esa ocasión Tolomeo le había dado alojamiento por tres días sin cobrarle nada. Cuando Tolomeo llego a la residencia del hombre, después de haberla buscado por varias horas, este se negó. La mucama que abrió la puerta le dijo que el señor de la casa estaba de viaje y no sabia cuando regresaría. Tolomeo se retiro y cuando cruzaba la calle volteo para ver la casa de su supuesto amigo. Un hombre lo observaba desde la parte alta de una ventana. Cuando el poeta lo vio, este trato de ocultarse pero fue demasiado tarde. Tolomeo lo había mirado. De forma digna y la cabeza muy en alto, Tolomeo siguió caminando perdiéndose entre las calles de esa ciudad fronteriza. Fueron varios días los que Tolomeo se la paso vagando de un lado a otro, buscando un techo y poder comer día con día. Fue también a pedir ayuda a un lugar en donde daban a conocer el arte, la cultura y la paz. Tolomeo busco directamente al encargado de dicho lugar, el hombre salio mirando al poeta con cierta desconfianza pues lucia sucio y mal vestido. Tolomeo se presento y le dijo que era Tolomeo Vásquez Moreno, el hombre sonrío con burla y le dijo que no tenía que mentir, de cualquier forma ellos no daban ayuda a vagabundos, pero que a tres calles más al norte podía encontrar un lugar llamado la casa del viajero. Ellos ayudaban a gente como él, necesitados. Sin perder más el tiempo Tolomeo se dirigió hacia ese lugar. Una vez dentro, le dieron ropa limpia y un plato con lentejas y una ensalada, sin faltar, por supuesto un vaso de limonada preparado por una jovencita que no hacia otra cosa más que mirarlo con curiosidad, como si ya lo conociera.

Tolomeo pasó cuatro días en la casa del viajero, les ayudaba a limpiar los pisos para así, poder granjear un poco la comida que ellos, amablemente le suministraban a diario. Al quinto día el encargado y dueño de la casa, le consiguió quién lo llevara hasta la capital de México. Tres jóvenes y una mujer salían esa misma noche para el Distrito Federal, que mejor oportunidad para regresar a casa. Un par de días después que Tolomeo se fue de ese sitio, la muchachita que lo miraba con curiosidad recordó quién era Tolomeo. Lo había mirado un día en la biblioteca pública de la ciudad, tenia que ser él. Corrió para decirle al dueño de la casa, este se porto un tanto incrédulo al principio, después lo dudo y al final termino mandando a la muchacha a traer ese mentado libro en donde venia la supuesta fotografía de Tolomeo. Un par de horas mas tarde la joven regresaba corriendo y sudando por tratar de llegar pronto a llevarle el libro al señor. Se trataba de uno de los tantos poemarios que tenia Tolomeo escritos, en la contraportada venia Tolomeo retratado, sentado y mostrando una gran sonrisa. El hombre de la casa del viajero se sorprendió y simplemente no podía creer lo que estaba mirando. !Un poeta!. Todo un artista vagando por las calles como cualquier errabundo, sin casa, ni que comer, ni en donde dormir. Que sorpresas tiene la vida, pensó el hombre dentro de si, te puedes encontrar cara a cara con un ser humano y no tener ni idea quién es. Prejuzgamos a la gente por lo que traen puesto, en vez de tratar de ver su ropa interior, su alma, que al final… es la que realmente vale.

Una vez en la ciudad de México, Tolomeo se dirigió a lo que antes había sido su antigua casa, la vivienda ya estaba ocupada por una familia que al abrir la puerta le dieron razón que ellos tenían dos años ya viviendo en ese domicilio. No sabían absolutamente nada sobre quién había vivido anteriormente. Ellos venían de provincia y no conocían a nadie en la capital. Tolomeo se retiro del domicilio y se dirigió a la casa de un viejo amigo. Este, al verlo, salio y le dio un abrazo que casi le rompe la mitad de los huesos. Lo invito a pasar y lo hospedo en la recamara para huéspedes después de haber charlado largo tiempo con el vate o lo que es igual, el poeta.

Ulises de la Parra era ese fiel amigo que le dio la mano a Tolomeo cuando mas necesitaba de un buen camarada. El mismo fue quien lo acomodo para dar clases en la secundaria y de esa forma no se muriera de hambre, pues todos sus conocidos y supuestos amigos le dieron la espalda después de saber en donde estuvo y por qué. Decían que no querían tener tratos con asesinos. Cuando realmente Tolomeo no mato a nadie y si trato de hacerlo fue para defender a su mujer de algo que creyó era un ataque sexual. Quién lo fuese a decir, la vida puede girar en cuestión de segundos. Puede cambiar todo el esquema de un pasado, de un presente y hasta del mismo futuro. Tolomeo ahora era un hombre frustrado, triste, con una imagen patética que lo seguía cual sombra por la vida. De la hija que tuvieron… de esa ingrata no volvieron a saber nada. Fue como si la hubiese parido la suerte y estuviera en este mundo por obra de la casualidad. Tanto amor, tanta protección, tantas atenciones le habían hecho daño, a tal grado que ahora no se acordaba que tenia padres. Tolomeo no sabia si Dolores tenia contacto con ella o no; esa muchacha, esa querida hija que ahora le hacia tanta falta. ¿En donde estaba?

El poeta poco a poco se fue acostumbrando a su nueva vida, a lidiar con la soledad y la indiferencia. Afortunadamente la capital mexicana era una metrópolis inmensa y eso podía ser una ventaja para él, sí es que la podía aprovechar. Se traslado a una colonia en donde nadie lo conociera, empezaría una vida nueva, trataría de rehacer su existencia. Al final, si nada resultaba, se mudaría a otro estado de la republica si fuese posible. Se inclino por hacer lo primero, conseguir apartamento en una colonia popular.

El camarógrafo del canal fue el que les contó toda la historia y sus pormenores a la pareja de periodistas. Godoy y Luz Juana; estos estaban perplejos y boquiabiertos con tan trágica y dolorosa historia. Pobre Tolomeo, se expresaron los dos casi al mismo tiempo como si se hubiesen puesto de acuerdo. Esa trágica crónica sobre la vida de ese poeta, Godoy la ignoraba por completo. Pero de ahí en adelante, Godoy empezó a maquilar ideas para hacer que la gente se fijara y admirara una vez más el talento de ese gran hombre. La pregunta salto al aire al instante. ¿Como? ¿De que forma, un simple y desconocido reportero haría que Tolomeo recobrara su prestigio como artista? Seria un reto para Godoy, pero sin duda estaba dispuesto a correr el riesgo. Después de haber abandonado al camarógrafo, Luz Juana se fue conversando con Godoy acerca del poeta. Al parecer Tolomeo acaparo la atención de ambos y nada tenía mayor importancia que la vida de ese hombre que había perdido de forma abrupta y triste su trayectoria como trovador. El primer paso que tenían que dar era, no perderlo de vista, de hecho, Godoy tenía pensado frecuentarlo más hasta ganarse por completo su entera confianza. Luz Juana se convirtió literalmente en la cómplice, la historia de Tolomeo Vásquez Moreno la conmovió de tal manera que se dio a la tarea en comprar y conseguir sus libros para leerlos y empaparse más aun con la vida de este infeliz bohemio.

El tiempo se fue volando, paso un año entero después de aquel pacto humanitario en salvar de las oscuras sombras del olvido al antes famoso Tolomeo. Para ese tiempo, Godoy se había convertido... por así decirlo, en el compañero al que Tolomeo apreciaba, he incluso consideraba como un gran camarada, pese a la diferencia de edades que existía en ambos. Algunas veces, el matrimonio Ramos de la Cruz invitaban al poeta a cenar, después amenizaban el resto de la noche con una velada bohemia, escuchando música, filosofando y disfrutando versos de Tolomeo, algunos propios y otros de grandes poetas de antaño. Entre risas, charlas y recuerdos; los tres amigos unían más sus lazos afectuosos y Tolomeo los empezaba a ver como parte de su propia familia. Seguido se hablaban por teléfono solo para saber si estaban bien de salud o simplemente para saludarse. Godoy y su bella esposa platificaban la llegada de un bebe a la casa, desde hacia tiempo los dos lo deseaban y convinieron que ya era el tiempo para traer un heredero al mundo. Antes de eso, Flor, la esposa del periodista se cuidaba con pastillas anticonceptivas, pero tenia un par de meses sin estarlas usando para así, alistar y prepara la matriz para un futuro embarazo. Esa tan ansiada semillita que traería alegría y más unión a la pareja.

Cuando Tolomeo se entero de la noticia, de que Flor probablemente estuviera fértil, aparentemente lo tomo con gusto. Pero en realidad fue tristeza la que sintió muy en el fondo de su corazón. El poeta pensaba que al llegar esta nueva vidita al mundo, él se volvería a quedar solo de nuevo, todas las atenciones serian para el nuevo miembro Ramos de la Cruz. Opto por aislarse poco a poco del matrimonio, sus intenciones eran alejarse de ellos paulatinamente sin que se notara tanto, lo haría de forma discreta y sin que se notara. Al final se mudaría de dirección para que no supieran más de él, de su paradero, de su desdicha. De cualquier forma, la conciencia no lo dejaba del todo actuar de esa forma tan egoísta y falta de aprecio para quién le había tendido la mano cuando mas lo necesitaba. Se sentía un ser malagradecido y desleal para con esa pareja de jóvenes esposos que esperaban con ansía y deleite ese embarazo tan anhelado. A la vez tenía temor, miedo de quedar una vez mas solo, ellos eran algo así como su nueva familia, sus mejores amigos. Pero tampoco quería ser demasiado inoportuno con la felicidad de ellos.

Durante todo ese largo tiempo, Luz Juana trabajaba en compañía de Godoy para tratar de limpiar la imagen que la gente se había hecho sobre Tolomeo, por supuesto, todo a escondidas del poeta, pues este ni siquiera sabia que su amigo, el periodista lo estaba impulsando para que el publico y los medios de cultura de la ciudad de México y sus alrededores lo vieran una vez mas como lo que realmente era, un gran poeta, un gran artista. A Luz Juana se le ocurrió la idea de darse como tarea el buscar a la única hija del poeta. La famosa Dolores, la desaparecida muchacha se había perdido y no sabían nada sobre ella por años. Tal vez ingrata, malagradecida, falta de amor como muchos hijos de tiempos modernos. Luz Juana busco, indago sobre cual podría ser el paradero de Dolores, la única hija del matrimonio Álvarez. Al final del túnel, después de casi ocho meses de incansable búsqueda, empezó a ver el fulgor a su trabajo. Existía una muchacha con las características iguales a la desaparecida Dolores. Era joven, de aproximadamente unos veintiséis años de edad, con el apellido Vásquez; al parecer se ganaba la vida en un pequeño poblado de Michoacán como maestra urbana. Estaba casada con un hombre que trabajaba como inspector en Patzcuaro, se encargaba de que todo estuviera en orden con los puestos callejeros de comida. Los vendedores al ver que los intendentes se aproximaban al pequeño puesto, solo se chupaban los dientes demostrando su desagrado pues sabían perfectamente que la revisión consistía en comer de a gratis dos o tres ordenes de tacos, flautas, gorditas, quesadillas, y demás antojitos que se les pudiera en el camino. Por las noches, la cosa se ponía aun mejor, pues los respetables señores, representantes del orden y el poder, se iban a los prostíbulos a estafar a las sexo servidoras, y algunas veces, hasta probar que tan bien trabajan y entretenían a los clientes. Las meretrices temían negarse a complacer a los distinguidos catrines, pues, de no ser así, podrían hacer un informe he inventar que tenían infecciones venéreas y no dejarlas trabajar por el resto de sus vidas pues podría haber un contagio masivo en la comunidad de Patzcuaro y eso, el párroco no se los perdonaría jamás, podrían hasta excomulgarlos de la congregación por cochinos, descuidados y adúlteros. Ese era el "trabajo" de Miguel Arriaga Chávez, esposo de Dolores, hija de Tolomeo.

La periodista Luz Juana, se comunico con el director de prensa de la ciudad de Morelia para viajar hasta esa misma ciudad y de ahí dirigirse a Patzcuaro para entrevistarse con Dolores. Todo esto lo hizo de forma sigilosa y sin que nadie se diera cuenta de ello. De hecho, ni el mismo Godoy sabía lo que su compañera de trabajo estaba haciendo. Si realmente Luz Juana llevaba a cabo su cometido, eso seria una gran sorpresa para el poeta, pues tenía años sin saber de ella. Desde que Dolores cumplió los dieciocho años se independizo no volviendo a pisar la casa de sus progenitores jamás. Eso para Tolomeo no tenia realmente importancia, aunque estaba realmente dolido pues la ingratitud de un hijo con esas características va matando poco a poco a cualquier padre o madre. Aun así, estaba decidido a perdonarla con tal de verla una vez más. Su amor de padre era tan grande que lo olvidaría y sin rencores a futuro. Tolomeo quería ver, abrazar, besar, sentir una y otra vez a su hermoso retoño. A esa hija desleal que aun seguía y seguiría amando por el simple hecho de ser parte de él, sangre de su sangre. Tolomeo no imaginaba tan grata sorpresa que le aguardaba en poco tiempo el futuro.

Un viernes por la noche, Luz Juana les dijo en la oficina que saldría de viaje y no regresaría tal vez hasta el martes por la mañana, trataría de estar a tiempo para el lunes, de no ser así, la verían puntual al siguiente día. En su lugar se quedaba un joven reportero recién ingresado de la universidad, su nombre era Agustín Barrios Quesada. Solo seria por un fin de semana y un día más, sino es que ella regresaba para iniciar labores ese mismo lunes. A Agustín le entusiasmo la idea y con gusto acato las ordenes de suplirla. Mientras tanto, para esas fechas, Godoy estaba terminando su escuela en donde lo estaban capacitando para ser reportero de planta. El director tenía pensado ponerlo en la sección de política. Sin duda, un área bastante extensa que cubrir, mas aun viviendo en el Distrito Federal. A Godoy, en lo personal, le hubiese gustado trabajar mas en lo que respecta a la cultura y la sociedad, desde que estaba en la ciudad de Durango, esa columna siempre le había interesado. De cualquier forma el entusiasmo de trabajar y estar más preparado lo llenaba de emoción, mas aun, la llegada del nuevo miembro traería mas necesidades económicas pues un hijo siempre exige lo necesario. Godoy estaba consiente de eso y por eso estaba resignado a tomar el puesto que le otorgaran. Algunas veces el periodista solía soñar despierto. Imaginaba que estaba dando las noticias en un importante canal de televisión, y esos informes se transmitían por cadena nacional y parte de los Estados Unidos hacia los hispanoparlantes. Cuando Godoy estaba delirando despierto, paso un transporte publico cerca de un pequeño charco con agua y le mojo los pantalones haciéndolo despertar de su amnesia. El joven hecho toda clase de maldiciones contra el chofer irresponsable y grosero que había estropeado su pantalón de pana y zapatos casuales, afortunadamente el agua no llego hasta la camisa y el saco. Godoy apresuradamente se fue a cambiar al departamento pues tenia un compromiso de trabajo y por ningún motivo podía llegar tarde. Tomo un taxi y en el camino a su casa se comunico con su esposa contándole lo que le había pasado, el chofer del taxi, escuchando el incidente, no pudo evitar el reírse de la desgracia de Godoy. Este, ignorando la burla, se concentro mejor en su cita y el tratar de llegar a tiempo.

La tan importante reunión seria exactamente a las tres de la tarde, faltaban veinte minutos y Godoy aun se encontraba atorado dentro de una de las grandes arterias que tiene la ciudad de México, de pronto, el chofer del taxi corto por una de las calles y a gran velocidad se dirigió por esa para salir a una gran avenida que los puso en camino y así, en cuestión de cinco minutos Godoy entraba por la puerta hacia su compromiso. Se trataba de una entrevista con el sub director de gobierno, se hablaría de la seguridad en la ciudad, la delincuencia, el tráfico y el trabajo. De cómo los mexicanos podían aspirar a encontrar un mejor futuro y una manera mas digna de poder vivir. Dentro de esa platica, también se encontraban preguntas como la educación, la población indígena y como el gobierno del actual presidente haría para proteger a estas personas tan indefensas y vulnerables a los problemas de la sociedad moderna. Por ultimo, a Godoy se le estaba ocurriendo preguntarle sobre si el gobierno pensaba hacer más fuentes de trabajo para que las personas indocumentadas no tuvieran que mudarse a los Estados Unidos, el país de las (oportunidades). Si, miles de oportunidades, pero también de humillaciones, de desigualdades, de injusticias. Irónicamente, Godoy sabía al igual que mucha gente, que en el país del norte, los deportistas ganan millones de dólares en solo una temporada, cuando una familia de trabajadores no gana ni el cuarto por ciento de lo que gana ese deportista. De hecho, podrían trabajar parte de su vida entera, sin siquiera soñar ganar o tener lo que ese tipo ganara por tan solo meter una pelotita a un aro, o a un arco, o simplemente entrar a la meta con todo y la pelota. (Que burla) Pero Godoy también sabia que ese fenómeno de desigualdad se da en muchos países, incluso en mismo México. De cualquier forma Godoy no quería meterse en problemas con preguntas que tal vez no contestaran o respondieran sin decir nada, algo muy común de cuando algo no les conviene o les incomoda.

La rueda de prensa se retrazo por cinco minutos mas pues al parecer el señor había tenido un compromiso antes y no pudo llegar a tiempo. Había periodistas de la mayoría de los periódicos más importantes de la capital mexicana y los canales de televisión no podían faltar tampoco. Godoy busco de forma discreta al camarógrafo aquel que les había ayudado con lo de Tolomeo. No lo vio por ningún lado y se concentro en poner toda la atención en la conferencia y hacer apuntes, notas y sobre todo... hacer las preguntas, encuestas que otros también querrían hacerle. A pesar de su ya experiencia como reportero, Godoy sentía nervios, temía hacer una pregunta que no encajara en la platica, en la conferencia y ser después la burla de todos. Antes de que empezara la conferencia, Godoy cerro los ojos y bajo la cabeza, se concentro lo mas que pudo para que todo saliera bien, se dio animo así mismo, pensó en su amada esposa, en su trabajo, en el esfuerzo y la dedicación por salir adelante. Pensó también en la compañía a la que estaba representando, la que le dio la oportunidad para superarse, pensó y se concentro para vencer los nervios y poder hacer bien su trabajo. La tan esperada conferencia dada por el sub director del gobierno capitalino empezó. Un hombre con traje y gafas oscuras salio al frente y se planto como estatua a un lado del atril donde estaría el orador y contestador de toneladas de preguntas que le harían todos esos periodistas, enseguida y atrás del guardaespaldas salio caminando o mas bien casi trotando, un hombre bajito de estatura, piel morena clara y cabello corto. Eso si, de forma sumamente elegante, la corbata que portaba llevaba los colores patrios. Verde, blanco y rojo; usaba lentes con aumento marca Rayban mandados hacer hasta Francia pues eran únicos en su clase, al señor sub director no le gustaban las imitaciones. Tenia el trauma desde pequeño por la piratería pues siendo el muy niño, sus compañeritos de clase llevaban juguetes originales de los USA. Los famosos súper amigos, Batman, Superman, Acuaman, La mujer maravilla, Linterna verde, Los gemelos fantásticos y mas. Estos eran los personajes por los que cualquier niño haría lo que fuera por tener. El se perecía por tenerlos también y le suplicaba a sus progenitores que le compraran sus juguetes, los padres, ante la suplica de su criatura, deseosa de no quedarse atrás le compraban de forma humilde y con gran esfuerzo sus muñequitos pero en versión pirata. La mama lo llevaba a los diminutos puestitos ambulantes de tepito y sus alrededores, muchas veces, prefería comprarle los luchadores de El santo, Blue demon, Tinieblas con todo y su ring de lucha. Así llegaba al día siguiente a la escuela con sus nuevos juguetes pero ningún niño quería jugar con el pues la novedad en ese tiempo eran los súper héroes gringos. Por eso, cuando creció, decidió ser original en todo, cualquier cosa adquirida tendría que ser original y única. El traje que portaba estaba mandado hacer en Liverpool, Inglaterra y los zapatos en León Guanajuato pues tenia que consumir también lo que el país producía, de otra manera. ¿Que podría decir la gente? Eso si, los zapatos eran únicos en su clase, ni el propio presidente traía unos como los de el. A Godoy le llamo la atención la forma en que ese hombre bestia, lo observo detenidamente y supo la fortuna que traía en cada prenda.

La conferencia se llevo aproximadamente unos treinta minutos, después de eso, los reporteros empezaron a hacer toda clase de preguntas referentes a lo que se dijo, lo que mas se trato fue el tema de la seguridad y el desempleo a nivel nacional, no solo en la ciudad de México o el Distrito Federal. Casi al acabar la sesión de preguntas por parte de la prensa, Godoy levanto la mano y elogio de forma publica la vestimenta del señor sub director. El hombre se inflo como sapo por el ego ofrecido y le dio al joven las gracias. Este aprovecho para hacerle una sola pregunta.

---- El sueldo que usted gana. ¿Le brinda la oportunidad de mandarse hacer ropa exclusiva en los países Europeos? ¿No seria mejor que invirtiera su dinero en el país propio?

El sub director empezó a toser de forma exagerada y uno de los guardaespaldas trato de callarlo con un grito feroz que pareció más bien gruñido. Los cuchicheos entre los demás colegas de Godoy no se hicieron esperar. El sub director, viendo que el alboroto se alzaba ordeno silencio en la sala. Pareciera que era un juicio más que una conferencia. El político trato de serenarse y ordeno al gorila que lo acompañaba que guardara compostura, al fin y al cabo México era un país libre de expresión y los reporteros tenían derecho de preguntar lo que quisieran. Volteo a ver directamente a Godoy y le brindo una sonrisa de oreja a oreja dejándole ver su dentadura blanca y una que otra basurilla mezclada en su blancura de sus dientes, pues antes de reunirse con los periodistas había parado a disfrutar un rico estofado hecho al estilo Oaxaca.

---- Interesante pregunta señor...

---- Godoy... Godoy, a sus ordenes señor.

---- Gracias, Godoy. Tengo que reconocer que nunca nadie me había preguntado algo similar. ---- Después soltó una risa fingida dando a entender que se le había hecho una gracia. Todos los que estaban en la sala rieron a la par del hombre aquel que estaba parado frente al atril y con el rostro sonrojado. Godoy sabia que esa pregunta podía incluso costarle su puesto y lo mas peor... su futuro mismo como periodista. El señor sub director, le dijo algo que reconforto a Godoy.

---- De verdad me da gusto que tenga ese temple y valor al preguntarme lo que usted quiera. Y sabe? Tiene usted razón. Los políticos somos servidores públicos, nuestro sueldo es gracias a los impuestos que cada uno de ustedes paga. Por esa razón, los ciudadanos de México tienen la obligación y el deber de exigir lo que se hace con el dinero, que es parte de todos, pues todos lo trabajan. México es y será un país en donde la democracia fluirá como el río en tiempo de lluvia. México es y será siendo libre, gracias a ustedes. Gracias a cada hombre y mujer y niño que vive en esta gran nación. Por qué México es uno, por qué México soy yo y ustedes. !Viva México! !Viva México señores!---- Todos se levantaron de sus asientos para gritar el famoso viva, hubo aplausos y ovaciones, uno que otro se acerco hasta donde el sub director estaba y lo palmearon en los hombros por tan emotivas palabras. Pero al final, la pregunta de Godoy se quedo en el aire. ¿El sueldo de ese hombre es lo suficientemente bueno, como para ordenar ropa en otras partes del mundo? Cuando hay miles de ciudadanos que viven en extrema pobreza y muchas de esas personas son niños que viven en las crudas calles, en subterráneos clandestinos donde tienen que lidiar con ratas y toda clase de bichos. Que mucha de esa gente tienen que ingerir sustancias químicas, por no decir, drogas baratas para poder soportar el hambre, y para poderse quitar esa hambre, se convierten en delincuentes por el resto de sus vidas.

Esos niños, son en muchos de los casos, las futuras lacras de una sociedad que finge ser lo que no es. El sub director se fue por donde llego y no lo volvió a ver nunca, excepto en las fotografías de los periodismos y noticieros de televisión.

Al día siguiente, Godoy fue llamado a la oficina del director. Nadie sabía a ciencia cierta para que lo quería, aunque todos se imaginaban para que. La noticia había corrido como pólvora de un día a otro. La pregunta que Godoy le había hecho al político era el chisme de todos los periódicos y noticieros locales. Algunos lo tomaron con gracia, otros como una gran falta de respeto hacia los que llevan la delantera en el país. Hubo incluso quién lo felicito por su valentía. Otros simplemente les fueron de lo más indiferente, pensaron que simplemente se trataba de un loco mas tratando de hacerse publicidad por medio de una pregunta tonta. ¿Amarillismo? No… para nada. Esa era la respuesta que Godoy daba a cada minuto cuando sus demás colegas del edificio lo cuestionaban sobre la pregunta atrevida he imprudente que había hecho al sub director. Cuando Godoy entro en la oficina del director de prensa, este se puso de pie para extenderle la mano y le brindo una sonrisa de amigo. Como si no lo hubiese visto en años. Le expreso su agradecimiento por trabajar para ese periódico y le dijo que era realmente un orgullo tenerlo ahí. Godoy simplemente no lo podía creer, sentía que se trataba de una broma de mal gusto.
---- Solo una pregunta señor Godoy.---- Dijo el director del periódico.
---- Esa pregunta que usted le hizo al sub director de gobierno. ¿La tenia preparada o solo se le ocurrió así nomás por que si?
Godoy se le quedo viendo, de momento no supo que contestar, después lo pensó para decir la verdad.
---- Al decir verdad… se me ocurrió. Fue simplemente un impulso lo que me hizo preguntarle sobre su ropa.
El director soltó una carcajada que se escucho hasta el último rincón del plantel.
---- Tengo que admitir que fue una pregunta un tanto estupida la que hizo.

---- Si señor. Lo admito y ofrezco una disculpa por mi imprudencia.
---- No hay de que de preocuparse. Lo hecho, hecho esta. Pero... tiene suerte Godoy. Si esa pregunta se la hubiera hecho hace diez años antes. Créame, ahorita usted estaría encerrado y nosotros buscando trabajo en otro periódico. Lo bueno de esto, creo yo, es que se respeto la libertad de expresión y usted lo confirmo con esa pregunta tan directa y personal.
Ambos rieron después y Godoy salio satisfecho y con la cabeza en alto de la oficina. Algunos de sus compañeros se le arremolinaron como hormigas alrededor de él para cuestionarlo. Godoy simplemente les dijo que nada había pasado, pues lo que menos quería era que se fomentara el chisme.

Al día siguiente, Godoy pasó a visitar a su amigo Tolomeo a la escuela secundaria en donde trabajaba. Era casi la hora de salida cuando fue, sabia bien que lo encontraría y de ahí irían a tomar un delicioso café cappucchino y hablar de cosas en general. Así fue, Tolomeo se le quedo fijamente a Godoy he hizo una pequeña mueca.
---- Si que eres valiente muchacho.---- Le dijo Tolomeo a Godoy.
---- Lo dice por lo de la pregunta?
---- por qué otra cosa lo diría. Te confieso que me siento sumamente orgulloso de ti. Recuerdo cuando te conocí por primera vez en la ciudad de Durango.
Tolomeo empezó a recordar aquellos días, cuando fue a la tierra de los alacranes para dar un recital en la casa de la cultura. Su esposa aun lo acompañaba, su adorada Dolores. !Que tiempos aquellos! Tiempos en donde había dicha, felicidad, aplausos, reconocimientos. No podía disimular el ponerse melancólico ante tan bellas reminiscencias. Ahora, solo eran simples sueños, de cualquier forma sabia bien que tenia que poner los pies bien puestos en la tierra, vivir su realidad, el presente. Godoy solo lo observaba y escuchaba con respeto, sabia bien que su amigo tenia que desahogarse hablando, expresándose, sacando todo lo que traía. De pronto Tolomeo volvió al tema inicial para seguir hablando de la famosa pregunta que se le ocurrió hacer

en la reunión con el sub director del gobierno capitalino. Era como si quisiera borrar de golpe todos sus recuerdos del pasado, claramente podía entenderse que sus antiguas reminiscencias quería sepultarlas y vivir solamente el presente. Godoy entendió claramente el mensaje y le siguió la corriente del tema, tratando de no sorprenderse con la forma tan abrupta para pasar de un tema a otro completamente opuesto. Los dos empezaron a reír mientras seguían disfrutando de su café.

Por otro lado, y sin que Godoy ni nadie supieran nada, Luz Juana estaba a varios kilómetros de distancia entrevistándose con la hija de Tolomeo. La famosa Dolores, hija única y que nunca volviera a saberse de ella. Al principio, Dolores se sorprendió bastante al saber que alguien la estaba buscando, se puso un tanto a la defensiva con la reportera. Cuando Luz Juana le dijo que la buscaba pues quería ayudar a su padre que estaba bastante mal, ella se asusto y pregunto si su papá se estaba muriendo. Luz Juana pudo percibir una ansiedad y preocupación sincera en la muchacha, la consoló diciendo que no estaba tan mal así, pero que de cualquier forma estaba delicado, tenía una depresión terrible al grado de que su vida podía estar en peligro. A Dolores se le llenaron los ojos de agua y las lágrimas hicieron su pronta aparición recorriendo en rostro de Dolores. Con la voz entrecortada y temblorosa le pidió de favor que la acompañara a su casa, ahí podrían hablar mas ampliamente sobre su padre. La periodista acepto con gusto, a fin de cuentas, eso era exactamente lo que la había llevado hasta ese lugar.

Dolores le ofreció una deliciosa agua de jamaica a la reportera. Ya una vez cómodas en la sala, la charla fue larga pues Dolores tenia muchas preguntas que hacerle a Luz Juana sobre sus padres. La periodista le explico lo que había pasado, que su madre había abandonado a su papá en un viaje que habían hecho a la ciudad de Nueva York pues su progenitor había herido de gravedad a un hombre. Le explico los pormenores y le dijo que al final, la única victima de todo había sido Tolomeo. La muchacha rompió en llanto. Se sintió culpable por la desgracia de sus progenitores, el arrepentimiento y la conciencia de la hija del poeta se apoderaba de ella y esta no sabia hacer otra cosa más que llorar como una niña de escasos años. Luz Juana sintió lastima por ella y la cobijo entre sus brazos como si fuese su propia hija. Las dos mujeres pasaron un par de minutos abrazadas, hasta que Dolores reacciono y tomo la determinación de ir a buscar a su papá. Le pedía perdón, le hablaría de frente y se humillaría ante aquel hombre que la había protegido, cuidado, mimado y dado tanto amor cuando ella era apenas una criatura que no podía defenderse ante nadie. También trataría de ver a su mamá. Haría lo posible por reunirlos una vez mas, Dolores sabía que para su padre no había otro amor más que el de su mamá para él. Le pidió de favor a la reportera que se quedara en su casa por tan solo esa noche, para Dolores seria un verdadero placer hospedar a la periodista. Luz Juana acepto un poco apenada, en realidad tampoco tenia mejor opción pues no conocía bien el pueblo y solo seria por una noche y al día siguiente ella se regresaría para la capital azteca.

El esposo de Dolores llego al anochecer, Luz Juana ya estaba dormida, Dolores seguía aun de pie esperando a su marido para decirle que al día siguiente se iría a la capital de México para verse con su padre después de muchos años. El distinguido representante de la salud al principio se sorprendió, después mostró un desinterés peculiar del macho mexicano. Como si a él no le interesara lo que hacia su bella mujercita. En realidad, Dolores sabia perfectamente la clase de vida que llevaba su esposo con ese trabajo, simplemente fingía no saber nada pues tenia miedo de que el la golpeara, pero todo el pueblo sabia que ese hombre junto con su compañero de trabajo eran un par de picaflores que se aprovechaban de las pobres prostitutas para hacer lo que quisieran con ellas, tener relaciones con ellas, estafarlas, robarlas y demás abusos que pasaban aparentemente desapercibidos para todos. Esa misma noche, el distinguido inspector regresaba de un congal llamado, la conchita, ahí se veía con una ramera que tenia la fama de ser la mejor del pueblo. Al parecer tenia un cuerpo envidiable por cualquier mujer, lógicamente, el inspector la quería solo para él y cada noche se presentaba para saciar su instinto animal salvaje con esa mujer que se hacia llamar " la princesa". Después de que el inspector se saciaba con ella, llegaban los hombres a seguirla devorando como si fuesen hienas acabando de carcomer un cadáver. La princesa, gustosa de recibir dinero y caricias, se dejaba querer y amar por toda esa bola de lujuriosos y enfermos. Ella sabia perfectamente que no tenia competencia, y por varios años, tal vez ella seria la sensación y el centro de atención de los hombres ahí. El esposo de Dolores dejo ir a su mujer sin ningún problema a la capital mexicana, sabia perfectamente que dejándola ir, tendría a la princesa las veinticuatro horas para el solamente. Lo que el pobre iluso no sabia era que la princesa, por ser prostituta, no era exclusiva de nadie, su cuerpo era para el que pagara mas y mejor. A fin y al cabo, el inspector no era más que un pobre diablo con ínfulas de grandeza. Pero sin el trabajito ese, no era mas que un donadie que no tenia ni en que caerse muerto. En el fondo, la princesa odiaba al inspector pues siempre quería solo usarla sin darle nunca un solo peso por sus servicios, aparte de que era un hombre realmente exigente pues le gustaba ponerla de diferentes poses y si ella se negaba, él la amenazaba con hacer una carta a la presidencia municipal y hasta ahí llegaba su trayectoria como cortesana. Podía seguir ejerciéndolo, si, pero en otro lugar. A ella no le quedaba de otra más que ceder a sus bajos instintos para seguir conservando su vergonzoso trabajo y ganar dinero. Eso era por lo que aguantaba tanto, por el maldito y sucio dinero.

Después de que Dolores hubo arreglado sus compromisos y pedido permiso para ausentarse en su trabajo por lo menos una semana, se fue junto con la reportera a la ciudad de México. Tomaron un camión de pasajeros y emprendieron el viaje las dos mujeres. De verdad que sorpresa se irían a llevar tanto Tolomeo como Godoy al ver a la hija del poeta aparecer de nuevo. Durante el trayecto a la capital, la conversación se hizo aun más extensa. Hablaron un poco de todo, Dolores le confeso a Luz Juana cosas intimas de su familia, de Tolomeo, de Dolores su madre. Le contó cosas que ni siquiera Godoy estaba enterado. Luz Juana ponía atención a la plática sin hacer nota de nada, solo lo memorizaba para después recordarlo. Las lágrimas recorrían las mejillas de la muchacha que con gestos de arrepentimiento se confesaba ante la periodista.

Mientras tanto, Godoy, ajeno a la gran sorpresa que venia en camino, seguía frecuentando al poeta y tratando de que se mantuviera

ocupado y en familia. El martes llego y Godoy se preguntaba cuando regresaría su compañera de trabajo. En los últimos días la amistad de Luz Juana y él se había hecho mas sólida al punto de sentir gran estima por ella. De cualquier forma, Godoy tenia muy en claro su papel con su amiga, nunca había dejado de amar a su bella esposa, aquella mujer que le había dado dicha y confianza a su vida. Mientras Godoy pensaba en eso, Luz Juana se apareció en la oficina con Dolores, saludo a Godoy y le hizo la pregunta habitual. ¿Sabes quién es ella? Godoy solo se encogió de hombros sin responder nada por unos cuantos segundos, después respondió que no y pregunto ¿quién era la muchacha? Las dos se voltearon a ver como un par de chiquillas traviesas y rieron juntas haciendo mas clara su complicidad. Godoy las vio aun mas extrañado que al principio.
---- Te presento a Dolores, la hija de nuestro gran amigo, el poeta Tolomeo Vásquez Moreno.
Godoy abrió los ojos de par en par y la quijada casi se le cayó hasta el suelo por el pasmo y el impacto al recibir esa noticia. No podía hablar, si apenas pudo mascullar unas cuantas palabras fue mucho. Muchas preguntas fueron las que pasaron por su mente, simplemente no lo entendía, no podía asimilar lo que estaba viendo con sus propios ojos, frente a él, la hija de Tolomeo, nunca mas se había sabido de ella. ¿Como pudo Luz Juana encontrarla? ¿Como le hizo? Solo le quedaba muy en claro algo… que Luz Juana era una extraordinaria periodista y una gran amiga. No había duda alguna, el hecho de haber encontrado a Dolores debió haber sido fatigante y tal vez hasta costoso. Pensó que por ahora lo mas importante seria reunir a Dolores con su padre, no podía imaginar la gran sorpresa que llevaría Tolomeo al ver a su querida primogénita de pie frente a él. Luz Juana le sugirió que tratara primero de preparar al poeta, se trataba de un estupor poco común y Tolomeo ya era un hombre mayor, podía incluso hasta tener un infarto por la impresión. En ese momento Godoy tenia que cumplir con una asignación, pero sin falta buscaría al poeta por la tarde, como siempre lo hacia, en la escuela en donde él impartía su enseñanza.

Esa misma tarde, sin perder mas el tiempo, Godoy fue a buscar a Tolomeo, temía no encontrarlo, pero no, ahí estaba, tan puntual para dar sus cátedras como siempre, los muchachos de la secundaria junto al poeta, algunos poniendo atención, otros jugando, como es lo habitual en todas las escuelas. Godoy espero paciente, sin moverse ni un instante de donde Tolomeo se encontraba. Al terminar las clases, Tolomeo salio y saludo a Godoy extendiéndole la mano. Sus buenas costumbres y sobre todo la educación que ese hombre tenia era algo que siempre lo caracterizaba y no dejaba de perder. Godoy lo llevo al café de siempre, era obvio que quería tratar un tema con el juglar, este lo percibió al momento.

---- Yo se que quiere decirme algo. Suelte lo trae en su lengua y deje de retener la información mi muy estimado amigo.

---- Se trata de su hija señor.

---- ¿Mi hija? ¿Que le pasa a mi hija? ¿Como supo usted de mi hija Godoy?

---- Cálmese Tolomeo. Solo quería saber si le gustaría saber algo de su hija.

Tolomeo pensó la respuesta que daría antes de contestar. El resentimiento y el dolor causado por esa hija ingrata que los había abandonado cumpliendo los dieciocho años era algo que no podía olvidar. A un hijo nunca se le podrá odiar, pues seria casi como odiarse uno mismo, pero los sentimientos, las tristezas que deja son como heridas, yagas que arden en la piel a cualquier provocación. Godoy, de la forma más discreta y cautelosa que pudo le dijo que su hija quería verlo. Tolomeo se puso serio, no contesto nada, después pregunto con la voz quebrada. ¿En donde esta mi hija? Godoy tomo el auricular y le hablo a Luz Juana, le dijo que llevara a Dolores pues su papa quería verla. Estas se encontraban a escasas cuadras de distancia esperando la tan ansiada llamada de Godoy para reunir a padre e hija. Durante el tiempo de espera, Godoy y Tolomeo no pronunciaron ni media palabra, el poeta solo veía de forma fija como distraído, su mente en otra dimensión, tal vez pensando en un pasado, solo él sabia lo que portaba su intelecto en esos momentos. Godoy tomo un pasquín que había sobre la mesa para tratar de distraerse y el tiempo se fuera un poco mas de prisa mientras llegaba su colega junto a la muchacha. En cuanto Tolomeo vio a su pequeña hija, se reincorporo de la mesa y se quedo viéndola como estatua, petrificado, pasmado de la impresión. Los nervios y las emociones se mezclaron para hacer un solo sentimiento. Sin pronunciar palabra alguna, los dos se abrazaron, ella llorando de forma más ruidosa y el solo apretando los dientes para no plasmar de forma sonora sus sentimientos. Godoy y Luz Juana se separaron un poco de la escena para que ellos disfrutaran a cabalidad todo aquel momento y lo vivieran al máximo. Los curiosos del lugar solo miraban con morbo y asombro tan sublime espectáculo. En eso, Tolomeo reacciono, con los ojos llenos de lágrimas volteo con Godoy y la reportera y les dio las gracias, les pidió que por favor se sentaran todos juntos en la mesa para compartir ese momento tan lleno de emoción. Había mucho de que hablar, demasiadas cosas que explicar y recordar. Muchas preguntas que hacer. Godoy y su compañera de trabajo se tuvieron que despedir y así dejar a solas a Tolomeo con su hija. Después padre e hija se fueron a la casa del poeta para seguir charlando y aclarando cosas que ambos querían saber.

La noche se fue para ambos en pláticas y preguntas, risas y llantos. Hubo disculpas por parte de los dos; Tolomeo le explico a su hija detenidamente todo lo que había pasado en la ciudad de New York, también le pidió a su hija que no juzgara a su madre, ella, como cualquier persona imperfecta cometía errores, pero lo importante era reconocer esos fallas y rectificarlas para así tratar de ser mejores personas en la vida. Dolores pudo notar y reconocer la gran sabiduría que su padre portaba, sus consejos eran prácticos y de buen corazón. Aprovecho para contarle sobre su esposo, el inspector. Le dijo como lo había conocido y de que forma se fue enamorando de el sin darse cuenta. Ese hombre había sabido conquistarla por medio de frases vanas y huecas que a muchas mujeres embabuca. Tolomeo miro a su hija con una ternura infinita y se acercó a ella para darle un beso en la frente. Ella lo miro de la misma forma correspondiéndole con un beso en su mejilla.

---- !Papito!… Como me has hecho falta.

Tolomeo solo sonrío con dulzura. Mas tarde la invito a desayunar a un lugar al que él frecuentaba con frecuencia y la dueña del lugar lo conocía bastante bien pues era un cliente habitual.

Godoy tenia una cita con la directora de una prestigiosa revista de arte y cultura llamada "la estampa". La razón principal del reportero era tratar de ensalzar a su amigo Tolomeo y este recuperara su fama de poeta. Para Godoy, así como para Luz Juana y Flor, la esposa de Godoy se le hacia demasiado injusto como Tolomeo había quedado en el olvido después de la tragedia que tuvo en los Estados Unidos. Simplemente no creían que fuera justo, después de todo ese hombre había nacido con ese gran don y nadie lo podía cuestionar. Cuantos y cuantos hombres y mujeres no cometían peores bajezas y seguían por el mundo como si nada hubiese pasado. Estaba mas que claro que el dinero tenia un papel importante en todo eso, Tolomeo no era ningún pobretón, pero tampoco tenia lo suficiente como para comprar jueces y abogados que lo defendieran. Tolomeo había tenido que pagar un precio demasiado alto por ese gran error que cometió. Pero Godoy y Luz Juana trataban de hacer todo lo posible para ayudarlo. Todo esto sin que él supiera nada.

Cuando Godoy fue a entrevistarse con la directora de la revista. Esta, un tanto intrigada por el interés tan personal que tenia en el poeta le pregunto al grano y sin rodeos el por qué tanto interés en que ese hombre recuperara su fama como juglar. Ella anteriormente había escuchado hablar de Tolomeo, pero nunca había leído y mucho menos escuchado un poema de él. Godoy iba preparado para todo y antes de que pasara cualquier otra cosa, de su pequeño portafolio saco un par de libros de poesía que Tolomeo había escrito cuando aun gozaba de fama y renombre como artista. Se los dejo a la mujer y esta le pidió que volviera en unos cuantos días mas para ella poder analizar el arte de Tolomeo y poder hacer una critica acerca de sus obras. Godoy acepto con gusto y le dio las gracias por su tiempo y sobre todo por su gran cortesía al atenderlo. Por otro lado, ya Godoy y Luz Juana le habían pedido permiso al director del periódico de hacer un espacio los domingos para ensalzar a los grandes poetas que había tenido y seguía teniendo México. Este espacio estaría dentro de la sección de cultura y seria solo un poema cada semana, en especial los domingos que es cuando mas gente recurre a los periódicos para entretenerse y ver lo que pasa a su derredor, llámese deportes, espectáculos, política, cultura, trafico, crímenes, etcétera, etcétera.

El director se le hizo una muy buena idea y dio su aprobación al proyecto, así se podrían matar dos pájaros de un solo tiro; ensalzar el arte y dar a conocer a Tolomeo para que la gente que no sabia nada de él, lo conociera. Para despistar un poco la idea empezarían poniendo poemas de clásicos. Así, empezaron con Sor Juana Inés de la Cruz, Manuel Acuña, Pablo Neruda, Octavio Paz y por supuesto, Tolomeo Vásquez Moreno. Los amantes de la poesía empezaron a poner atención a la sección dominical dedicada al arte de las letras, así, comenzaron a surgir comentarios por parte de los lectores, algunos con criticas favorables y como siempre, personas que hacían unos juicios sobre la columna que dejaba sin habla a cualquiera. Aun así, el periódico no se desanimaba, sino todo lo contrario, pues tenía buena aceptación y las personas que compraban el periódico los domingos había subido en un quince por ciento. El director y jefe del rotativo podía notar los logros y estaba completamente de acuerdo con la parte nueva de la página en cultura.

Cuando Por fin publicaron un poema de Tolomeo, las cartas no dejaban de llegar a la oficina de prensa. Una de esas cartas decía de la siguiente manera:

A quién corresponda:

Mi nombre es Cecilia Castro Vidales, tengo 17 años, soy una amante de la poesía y sueño con algún día llegar a ser una gran poetisa.

Sus artículos dedicados a ensalzar a los grandes poetas de este gran país me gusta mucho, de hecho, siempre compro su periódico para poder deleitarme con las obras que publican cada semana.

Esta semana pasada, publicaron un poema de Tolomeo Vásquez Moreno. Me encanto, es un poema realmente hermoso, sensible y profesional. Quisiera saber más acerca de este gran poeta.

Gracias de antemano.

Cuando Godoy termino de leer la carta de la lectora, brinco de júbilo. El sabia perfectamente que su lucha por devolverle la fama a su amigo estaba dando frutos. Al parecer los poemas de Tolomeo estaban resurgiendo he interesando nuevamente al publico amante de la poesía. Faltaban muchas cosas por hacer, por mientras, lo mas importante seria no rendirse, y mucho menos que ahora algunos lectores preguntaban mas por Tolomeo, no solamente la muchachita que escribió para el periódico.

La directora de la revista "la estampa" telefoneo a Godoy para citarlo en su oficina, quería hablar con él acerca del poeta Tolomeo. Godoy acepto ir al día siguiente para hablar con ella y así, aclarar cualquier duda que pudiera tener respecto a la vida o trayectoria del artista. Ese día llego sin demora, Godoy estaba puntual esperando que la señora directora lo atendiera y así poder hablar largo y tendido sobre Tolomeo Vásquez Moreno. La directora de la revista abrió la puerta de su oficina y lo primero que vio fue al puntual de Godoy esperando impaciente. Con toda educación la mujer le dio el pase al reportero y ya instalado en un cómodo sillón se puso a las órdenes de ella por cualquier pregunta que quisiera hacerle respecto a su amigo. La culta dama después de haberlo saludado y haber intercambiado saludos de cortesía, empezó la charla con una pregunta: ¿Por qué tanto interés en dar a conocer a Tolomeo? Godoy le explico brevemente la razón que lo impulsaba a ayudar a ese pobre artista que siendo un día famoso, ahora vivía en el anonimato total del olvido. La mujer escuchaba con atención lo que Godoy le contaba sobre Tolomeo. Al finalizar la conversación, casi después de dos horas de estar encerrados en esa habitación... la señora se puso de pie y le expreso a Godoy que contara con ella para promover una vez mas a ese gran artista, aparte de eso, la directora de la revista se comprometía en publicar un par de poemas de Tolomeo para que mas gente lo siguiera conociendo y los que lo conocían lo recordaran con agrado. La vida y el destino se habían ensañado con ese poeta que lo único que hacia era hablar de la vida en forma de verso.

---- Quiero que sepa, que los poemas de ese hombre me dejaron realmente impresionada.---- Expreso la mujer confesándole a Godoy su gran admiración por Tolomeo.

Godoy salio de la oficina con una sonrisa pintada en el rostro. Si por el fuera, se iría de inmediato a dar vueltas al famoso ángel de la independencia por ese logro a su favor. Se fue directamente a la secundaria y saco a Tolomeo del salón de clases, cuando el poeta salio, extrañado de la conducta de su amigo. Godoy le dio tremendo abrazo y le dijo que estaban ganando la batalla. Fue obvio que Tolomeo no entendió nada. Godoy se fue dejando a su amigo con una gran incógnita en su cabeza.

X

Las hojas de los árboles caían tapizando las calles cual si fuese una gran alfombra persa de color amarillo y rojo. De Chapultepec salía el vapor del frío que llegaba a la capital azteca poniendo las calles al descubierto, nítidas, asoladas por el invierno que rápidamente se acercaba. Aun así, los capitalinos seguían haciendo de la gran metrópolis una ciudad con vida.

Godoy y su esposa por fin esperaban a su primer bebe, esa criaturita tan deseada por ambos y estaban seguros que uniría aun mas el matrimonio y elevaría mas el amor. Luz Juana seguía encargada de la sección de espectáculos, cultura y ahora deportes. Tolomeo seguía teniendo contacto con su hija Dolores y de vez en cuando iba a visitarla hasta Michoacán, donde ella vivía. Por su parte, Dolores estaba decidida a divorciarse de su marido, el inspector por adultero, gacho y malandrín. La famosa "princesa", la ramera mas suculenta del pueblo, esa estaba saliendo y acostándose con el mismísimo presidente municipal, así es que el inspector estaba totalmente descartado. Sus amoríos con la distinguida y exuberante sexo servidora había llegado a su fin. Cuando el inspector se dio cuenta de que había perdido el todo por nada, le llevo un adorno floral a su hermosísima esposa, en la noche contrato unos mariachis para llevarle serenata, al estilo Guanajuato. Empezó a llegar temprano a su hogar cada noche y de forma romántica le proponía hacerle el amor a su amada Dolores. Esta se negaba todo el tiempo, una que

otra vez cedía a sus ruegos y peticiones solo para darle gusto al cuerpo y las hormonas no se le alborotaran tanto. Ya una vez satisfecha, lo volvía a mandar por un tubo, como comúnmente se dice en México. Una comadre y compañera de trabajo le dijo un día a Dolores que: perro huevero, aunque le quemen el hocico. Lo que significaba que su esposo, el distinguido inspector nunca cambiaria, seguiría siendo por siempre un picaflores, rabo verde, mujeriego y todo tipo de adjetivos calificativos que dieran a entender lo mismo.
---- Así son los hombres comadre, nomás cuando ven que uno se les va. Hay andan los viejos carajos que casi le bajan el cielo y las estrellas a uno. Y hay esta una de pendejota otra vez... creyéndoles todo. Para después andar de coquetos con cualquier escoba con faldas que ven por la calle.
La comadre de Dolores trataba de abrirle los ojos para que pensara de forma más real la situación que estaba viviendo con el mequetrefe de su marido. Dolores estaba conciente de su situación y había tomado una determinación, dejar definitivamente al inspector he irse a vivir a la ciudad de México con su padre. Lo tenía todo bien planeado, se marcharía en una semana, solo estaba esperando el último cheque de su última quincena de labores. Le había pedido al director de la academia que por ninguna razón le dieran información a su esposo. Los únicos que sabían sus planes eran la comadre, el director y Tolomeo.

El poeta sabía perfectamente la clase de vida que llevaba su hija con el zafio ese, a pesar de no estar completamente de acuerdo en la desintegración familiar, Tolomeo estaba completamente de acuerdo en que ese matrimonio se diluyera pues la vida que estaba llevando su querida Dolores era indigna y vergonzosa.

Por otra parte, los dos colegas de periodismo seguían sembrando triunfos en lo que respecta a la publicidad de Tolomeo Vásquez Moreno; tanto la revista como el periódico estaban dando a conocer una vez mas el nombre de tan celebre personaje. Un día, Tolomeo recibió una invitación que lo dejo completamente pasmado. Dentro de un mes, a partir de esa fecha en que recibió tal envío, se llevaría a cabo un festival de poesía en el edificio de la UNAM. Tolomeo era uno de los cinco invitados principales para declamar algunos de sus poemas ante los concurrentes que asistieran a dicho evento. Al estar leyendo la carta enviada por la asociación de poetas de la ciudad de México, Tolomeo casi se fue de espaldas; no sabia si llorar o reír, incluso hasta llego a pensar que se trataba de una broma de muy mal gusto. Pero no fue así, era tan real como que él estaba con vida. Se puso cómodo en el recibidor de su casa, tomo asiento en su sillón favorito, un reclinable en donde solía pasar largos ratos a solas para meditar y pensar. Volvió a leer la epístola enviada por el comité de poesía, no dejaba de leerla, atónito a las letras impresas volvió a leerla por décima vez. Tolomeo parecía en ese momento un chiquillo de escasa edad emocionado al leer un cuento de interés extremo. Tolomeo tomo el auricular y llamo de inmediato a Godoy, su ahora amigo, su confidente. Godoy no contesto el celular, muy probablemente estaría ocupado en alguna entrevista de trabajo. Tolomeo veía la carta con curiosidad, término guardándola en la cómoda para que no se le extraviara y así poder recordar con facilidad a la hora de buscarla. De momento sintió que las alas querían desentumirse de nuevo, se vio arriba del escenario, frente a muchas personas, cincuenta, cien tal vez. Ahí estaba el, declamando sus obras, expresando sus mas nobles sentimientos en forma de verso, sintiendo, sudando, riendo, llorando, actuando. Fue a un viejo portafolio que tenia siempre guardado, el polvo lo cubría y algunas cuantas telarañas se filtraban por encima de la carpeta. Hay estaban sus joyas, libros y poemas que nunca llegaron a publicarse, cuentos y otro tipo de escritos que Tolomeo guardaba como lo mas sagrado para él. Saco algunos libros y se puso a leer varios de los poemas que anteriormente había escrito, los leyó con un gusto y entusiasmo único, pareciera que los acabara de escribir. Lleno de emoción, Tolomeo lloro. Solo, entre esas cuatro paredes que lo veían sin decir nada, cómplices a su emoción, a sus tristezas, a sus miedos; pero también a sus alegrías y locuras.

Cuando Tolomeo pudo al fin contactarse con Godoy para decirle lo de la invitación al festival de poesía que organizaba la UNAM, el reportero lo felicito y le sugirió que por ningún motivo dejara de faltar a dicho evento. Esa era la oportunidad que estaba buscando, al fin, la vida se encargaba de regresarle la dicha y la fama que el anteriormente había perdido. Ahora la estaba recuperando, Tolomeo seria una vez más grande entre los poetas nacionales, su nombre estaría en el salón de la fama, junto a los más famosos escritores de la historia. Tolomeo enmudeció con tan bellas palabras expresadas por ese muchacho que se podía ver lo apreciaba sinceramente y de buen corazón. Al colgar el teléfono, Tolomeo se dio a la tarea de seleccionar los mejores poemas que pudiera tener, escogió entre veinticinco mas mejores según su propio criterio. Entre esos veinticinco estaban poemas de antaño y nuevos. Ahora tendría que practicar para aprendérselos casi de memoria, sentirlos y revivirlos para poder expresarse con el máximo sentimiento y así hacer sentir al público vibrar de emoción.

Por otra parte, la directora y encargada de la revista de arte y cultura "la estampa", se había comunicado con otras revistas he instituciones para promover a Tolomeo en sus publicaciones y eventos. Una revista de Argentina llamada "el faro de Euterpe" se interesó en publicar algunas obras del poeta mexicano. La directora de dicha revista era nada más y nada menos que aquella mujer que Tolomeo había conocido en un encuentro de poetas que se llevo a cabo en la ciudad de Tepic, Nayarit. La poetisa, Teresa Palazzo Conti, ella lo recordó de inmediato pues se había llevado una muy buena impresión de Tolomeo y de inmediato acepto el que sus poemas se publicaran en su revista. Aunque la revista se enfocaba más al ambiente musical, tenían un espacio dedicado a las letras. La señora Teresa le expreso que para ellos seria un placer publicar poemas de tan afamado poeta mexicano.

Al cabo de menos de un año, el nombre de Tolomeo Vásquez Moreno circulaba casi por toda Latinoamérica, irónicamente Tolomeo no sabía nada al respecto, Godoy y su cómplice de trabajo, Luz Juana eran los autores de toda esa trifulca y propaganda hacia el poeta. La festividad en la UNAM fue todo un triunfo para el poeta, la gente se paro de sus butacas para aplaudirle y al final muchos fueron los que se acercaron para felicitarlo. Tolomeo se sentía como si estuviese viviendo diez años antes su vida. Por supuesto, Godoy y su esposa no podían faltar, también estuvo ahí, la reportera Luz Juana, la directora de la revista "la estampa" y antiguos amigos del poeta que querían verlo una vez mas arriba de un escenario. Para Tolomeo, todas esas personas eran de gran importancia para él, pero en especial y la más importante de todos fue su hija Dolores. Se había sentado en primera fila para ver declamar a su señor padre y apoyarlo con sus aplausos cada vez que este terminaba de leer un poema. Mientras el poeta declamaba algunos de sus versos, Godoy mascullo: {Como en los viejos tiempos} Flor, su esposa solo volteo a verlo sin entender lo que estaba tratando de decir. A Godoy se le dibujaba una sonrisa de alegría y aprobación al ver a su viejo amigo haciendo lo que el realmente amaba.

Poco a poco Tolomeo se fue dando cuenta que su nombre estaba resurgiendo de entre las sombras, de la oscuridad, de la negrura ante la indiferencia a su trabajo como artista. De cualquier forma, Tolomeo nunca había dejado de escribir, para él, el hacerlo era casi tan necesario como el comer, como respirar, como dormir. Necesidades básicas para cualquier ser humano, así, el trovador alimentaba esa vital necesidad que lo consumía por dentro. Su nombre y apellido empezaban a salir más seguido en los periódicos y revistas. Las invitaciones a participar en recitales se hacían cada vez mas frecuentes, sus amigos he incluso su propia hija estaban con el para apoyarlo en todo el tiempo posible. La amistad aquella se consolido tanto, que ya Tolomeo veía a Godoy y a Flor como parte de su familia. Flor pronto dio a luz una hermosa bebe a la que llamaron Xochitl que en el dialecto Nahuatl significa Flor. Tolomeo veía a esa criaturita como si fuera su propia nieta, de hecho, él se encargo de regalarle una cuna y varios cambios de ropa.

El buen trabajo de Godoy como periodista le trajo recompensas a futuro, un canal local lo contrato para llevar a cabo las noticias por televisión. Se trataba nada más y nada menos que del canal quince, la paga seria excelente, aparte de eso seguiría trabajando en el periódico. Las actividades de Godoy como periodista se multiplicaban, la fama tocaba a su puerta y todo su gran esfuerzo daba frutos. Económicamente también le empezó a ir mejor, ya no andaban en taxi como al principio, su ardua labor les permitió poder hacer un ahorro en una institución bancaria y así juntar lo suficiente para comprar un carro de cuatro cilindros, automático y de cuatro puertas. Flor le aconsejo a su marido que trataran de comprar un carro no tan viejo, de esa manera no tendrían tantos problemas cuando se descompusiera, correr con el mecánico y todo ese tipo de problemas que vuelven casi loco a cualquiera y desajustan los bolsillos. Así, la familia Ramos de la Cruz estrenaron su flamante Volkswagen, Jetta Sports Wagen.

La vida para Tolomeo y su hija también empezó a plantearse de forma mejor, Tolomeo pudo acomodar a su hija en la misma secundaria en la que él trabajaba. Se mudaron a un departamento más amplio para poder tener más comodidad y sobre todo privacidad. Tiempo después, Tolomeo recibió nuevamente la invitación para dar clases en un colegio de prestigio en la ciudad de México. Eso hizo que Tolomeo tuviera que hacer ajustes en la secundaria y poder trabajar en ese colegio en donde la paga seria aun mejor. Algunas estaciones de radio ponían sus poemas de vez en cuando. La reportera, Luz Juana busco a Godoy para proponerle algo nuevo, tal vez lo ultimo que harían por el poeta, viendo que su fama estaba volviendo y su nombre era ya conocido por mucha gente. Godoy le sorprendió que su amiga le hablara solo para eso, así es que fue a verse con ella tan pronto como pudo.

La idea de Luz Juana era que le proporcionara toda la documentación necesaria para saber sobre la vida del poeta. Quería su biografía, obras, tragedias, alegrías, todo. Todo lo que tuviera que ver con Tolomeo Vásquez Moreno. Godoy pregunto el para que, podría casi jurar que ya habían hecho todo por él. No entendía mucho el por qué de hacer algo mas para Tolomeo. De hecho el señor estaba más que complacido en estar gozando una vez más de su popularidad como artista. Cosa que aun, Tolomeo no sabia que había sido gracias a su amigo Godoy y Luz Juana. El pensaba que había sido por obra de la casualidad, tal vez por alguien que se interesó en sus versos y los fue de nuevo difundiendo hasta que así, otra gente los llego de nuevo a leer como en un principio cuando empezó su ardua y sufrida carrera como poeta.

---- Encárgate de hacerle un homenaje a nuestro importante amigo. Algo que sea muy en grande.
Godoy se sorprendió aun más por la propuesta de su colega reportera.
---- Puedo preguntar el ¿Por qué o para que todo esto?
---- Tú hazme caso y confía en mí. Trata de hacer todo esto más o menos dentro de un ano.
Godoy se quedo aun más intrigado. Un ano era mucho tiempo. ¿Que se proponía Luz Juana? La respuesta la tenia ella, al parecer no lo sabría hasta llegado el momento. La reportera quería hacer algo realmente en grande, pretendía que al poeta Tolomeo se le reconociera a lo largo y ancho del país. Por eso quería que Godoy se encargara de todo eso. El lugar, las invitaciones, música, bebidas, publicidad, etc. De cualquier manera un ano se iba rápido, Godoy tenia tiempo de sobra para hablar y buscar el lugar adecuado. Un sitio que estuviese acorde a la cultura y el arte, que era la idea principal a llevar. Los patrocinadores del evento; de eso se encargaría la propia Luz Juana.

Sin perder mas el tiempo, Godoy empezó a buscar la entrevista aquella que le hizo al poeta en la ciudad de Durango. Ahí había datos valiosos que pudieran servir para lo que se proponía la periodista y amiga de Godoy. Después de eso, fue a ver a Tolomeo para que le hiciera una lista de todos los libros que él había publicado. Por mientras, y en sus tiempos libres, Godoy trataba de hablar con personas allegadas al medio artístico para saber en donde se le podría hacer a Tolomeo un reconocimiento como poeta y escritor. Recordó a la directora de la revista "la estampa", tal vez ella lo podría ayudar. Algunas veces Godoy no tenía tiempo para hacer tantas cosas, los dos trabajos que tenía exigían que diera el todo, cosa que Godoy tenía que hacer pues su familia estaba primero que nada. Sus obligaciones como esposo y padre de familia lo impulsaban a trabajar de sol a sol. Solo cuando tenia un tiempo libre, era cuando trataba de hacer lo que su amiga le había encargado. Los documentos y datos personales del poeta ya estaban en manos de Luz Juana. La casa de la cultura del Distrito Federal serviría para que se llevara a cabo el evento, solo hacia falta comunicarle a Tolomeo para que se preparara y diera lo mejor de si en ese recital. El propio director de la institución dedicada a la cultura fue quién le llamo a Tolomeo para invitarlo a dar un recital dentro de seis meses aproximadamente. La fecha y la hora estaban ya puestas, Tolomeo seria el único poeta para dar el recital. Se mandarían imprimir las invitaciones y la publicidad correría a cargo de la periodista. Dentro de los periódicos dominicales se pondrían pasquines haciendo alusión al evento. Dicho evento tendría una duración de dos horas, para amenizar se invito también a un guitarrista que acompañara al poeta cuando estuviera declamando sus obras. Luz Juana convenció al director para que patrocinara una recepción por medio de una caja de botellas de vino tinto, galletas saladas con jamón endiablado, también habría botana para después de haber finalizado el suceso. Por supuesto, Tolomeo se llevaría esa noche una gran sorpresa. Un premio o reconocimiento por su larga trayectoria como poeta y escritor.

Durante esos seis meses restantes, y antes que se llevara a cabo el recital, Tolomeo trato de buscar una nueva forma para inspirarse. Pensó en la vida como nunca antes lo había hecho, recordó su pasado, a su familia en aquel vago y borroso pueblito llamado Chinacates, Durango. Los recuerdos de su padre, su abuelo, su madre, sus hermanos y demás amigos que había dejado allá hace mas de cincuenta y cinco años lo pusieron melancólico y cabizbajo. Recordó como si fuera un sueno aquellas palabras que le decía su abuelo, levantándolo en brazos. Tú serás un poeta, Tolito. Tú serás un gran poeta. Tolomeo hizo una mueca de satisfacción, las reminiscencias de su viejo y querido amor empaparon su mente y el rostro de Dolores, su ex esposa lo llevo al pasado, cuando por vez primera la conoció. El primer beso, después el encuentro nupcial, las caricias, las palabras al oído, los murmullos de amor. Tolomeo revivió una vez mas aquellos momentos con su amor primero y único, su muy amada Dolores. Se pregunto en donde estaría ella en esos momentos. ¿Que habría sido de ella? ¿Seguiria aun con vida? En esos momentos todo era confusión para el poeta. Empezó a escribir un nuevo poema pensando en su pasado, en su familia, en su juventud, en su amada

Dolores, curiosamente Tolomeo, a pesar de haber sufrido tanto por ella, en lo mas recóndito de su corazón, aun la seguía amando. Tal vez si tuviera la oportunidad de verla una vez más podría hablar con ella y perdonarla si ella fuera humilde y mostrara que aun lo quería como él a ella. Quimeras y nada más. Pensó Tolomeo para si mismo, lo mas probable es que ella este en brazos de otro hombre y feliz. Trato de concentrarse en otra cosa, se levanto de la mesa en donde estaba tratando de escribir un poema, lo dejo a medias y se salio a la calle a respirar aire fresco. Tolomeo nunca volvió a saber nada de Dolores, su mujer, la madre de su hija. El Distrito Federal era inmensamente grande cómo para encontrarla de la noche a la mañana. En realidad ya no quería saber más de ella, solo que esos recuerdos lo invadían de vez en cuando y no podía evitar recordar cosas de su vida, sus gestos, risas, besos, palabras, acciones que los envolvían a los dos. Como olvidar esos viajes constantes a diferentes partes del mundo y los dos siempre juntos. Como olvidar aquella traición. Tolomeo a pesar del tiempo, seguía aun dolido por aquel engaño, esa infidelidad, felonía o llámesele como quiera llamarse. Saco de la bolsa de su saco una cajetilla de cigarros y encendió uno. El humo hacia que se viera un ambiente aun más solitario, las estrellas junto con la luna aluzaban tenuemente el rostro de Tolomeo que lo único que hacia era mirar el infinito universo y echar grandes bocanadas de humo por la boca.

El tiempo se fue como aquella fumarola que Tolomeo consumía aquella noche y otras mas en que aprovechando la tranquilidad que daba la noche, disfrutaba para meditar y después escribir. Los días se iban pasando y llegaba una semana y terminaba otra, un mes acababa y reiniciaba uno nuevo. Tolomeo ya estaba casi preparado para el gran recital que daría en la famosa casa de la cultura a finales de noviembre en la ciudad de México. La sorpresa que Luz Juana le tenia a Tolomeo estaba ya también lista, solo que ese gran presente se lo daría Godoy al poeta en sus propias manos al finalizar el evento. Tolomeo hubiese dado lo que fuera por que su esposa estuviese ahí también. Algo que él consideraba casi imposible; aun así, no perdía las esperanzas. Que sorpresa se llevaría, sí al ir Dolores viera a su hija en persona, de seguro lloraría de la alegría, correría a darle un beso, un abrazo, a gritarle: !Hija… Hija mía! Tolomeo se imaginaba la escena en su mente y sonreía a solas pensando y haciéndose un cuadro mental. ¿En donde estará Dolores? ¿En donde?

El poeta a sus sesenta y pico de años sentía nuevamente una vida ufana, cada mañana le sonreía, cada anochecer lo inspiraba. Solo le hacia falta algo, un amor. Tal vez el amor que tuvo o creyó tener en su mujer, en Dolores. Su hija y él se llevaban a la perfección, se cuidaban mutuamente, se atendían. Algunas veces ella le llevaba el desayuno a la cama y otras muchas él se encargaba de cocinar para su adorada hija. Su hija, Dolores no había vuelto a saber nada sobre su marido, el famoso inspector de donde antes vivía. Con el tiempo, empezó a ilusionarse con otro hombre, este era un maestro de la misma secundaria en donde trabajaba Tolomeo. Era un joven alto, de tez blanca, anteojos ovalados al estilo John Lennon, y gustaba por el buen vestir. Generalmente usaba ropa casual. Dolores puso sus ojos en el maestrito pues tenia buen porte, aparte de ser joven y gallardo. El romance no tardo mucho y la joven pareja de enamorados empezaron a salir para conocerse mutuamente y poder ver si combatían en caracteres, gustos y demás cosas afines y así poder empezar una relación seria. Tolomeo estaba al tanto de ese vínculo entre su hija y su compañero de trabajo. El pedagogo se llamaba Juan Esteban Ríos Roca. El hombre venia de buenas familias, era educado y atento, el abolengo lo traía en la sangre, pero a pesar de ser un burgués de cuna, su sencillez era asombrosa. Tenía un carácter como pocos, tal vez eso fue lo que atrajo aun más a la hija del poeta.

El tiempo pasaba sin perdonar los días, las hojas del calendario daban vuelta y los meses se asomaban cada día primero. Godoy fue a visitar a su amigo para asegurarse de que estuviera preparado para el recital de poesía que se llevaría a cabo en su honor. Tolomeo le expreso que la ilusión y la emoción estaban acabando con sus nervios, ya quería que fuera el día para respirar tranquilidad. Godoy solo sonrío sin mencionar ni media palabra. Tolomeo sonrío de manera inocente como chiquillo de escasa edad. No se imaginaba la gran sorpresa que le darían. Una llamada le entro al celular del periodista y este se alejo un poco para poder hablar en privado. Se

trataba de su compañera, Luz Juana. Le pidió que fuera a verla a su condominio ubicado en la colonia Condesa. A Godoy eso le extraño, pero sin preguntar nada, fue a ver que pasaba con su buena amiga y cómplice de secretos. Al llegar a su condominio, Luz Juana tenía un par de cajas a la entrada de su vivienda.
---- Abre esas cajas por favor.---- Le dijo con voz de mando. Godoy la miro un tanto confundido, se dirigió para abrir los paquetes y cuando vio el contenido los ojos se le abrieron como un par de esferas y la quijada por poco se le cae hasta el piso.
---- ¿Como le hiciste?---- Balbuceo Godoy con un asombro exuberante.
---- Ni te lo imaginas…
---- Creo entender el porque me pediste toda la biografía y la entrevista que le hice a Tolomeo Vásquez Moreno en la ciudad de Durango.
---- !Bingo! Diste en el clavo. ¿Que te parece? Será una sorpresa inolvidable para nuestro amigo. ¿No crees tú?
---- Te admiro… eres única mi amiga.
---- Gracias.---- Luz Juana se tomo de manos y balanceando su cuerpo reía cual niñita traviesa. Godoy se acerco a ella y le dio un abrazo diciéndole que como amiga, realmente era única. Eso hizo que la reportera se sonrojara. Cuando Godoy salio del condominio en donde vivía la periodista, esta se quedo mirándolo por la ventana con ojos de amor. Luz Juana nunca se atrevería a decirle nada a su colega de trabajo, mucho menos a insinuársele, ella sabia que Godoy era casado y este amaba a su mujer y su bebe por cualquier cosa sobre el mundo. Solo le quedaba amarlo en secreto. Ni siquiera ella se había dado cuanta de cómo… o cuando se había enamorado de él. Fue con el tiempo que sin querer, Luz Juana se empezó a fijar en Godoy como hombre, su buen sentido del humor, su responsabilidad en el trabajo, sus ganas de superarse en la vida, sobre todo en esa ciudad tan competente y llena de gente buscando tener mejor estilo de vida. La capital mexicana es una metrópolis en donde se dan cita miles de personas de casi todo el mundo, especialmente de la republica mexicana y algunos países de centro y sur América. También los hay de Europa y hasta orientales afines a la cultura azteca. Todos juntos

sobreviviendo y conviviendo como una sola comunidad. Realzando y dignificando a México. ¿Sus políticos? Esa es otra historia.

El día tan esperado por todos llego. El recital de Tolomeo Vásquez Moreno, varios periodistas estaban reunidos para hacerle unas preguntas y tomar fotografías al evento. Un guitarrista de música clásica amenizaba el evento mientras este comenzaba, la gente empezaba a llegar y de forma ordenada iban tomando sus asientos pues prometía haber un máximo de gente. El director de la casa de la cultura, la directora de la revista "la estampa" y varias personalidades del arte se dieron cita para escuchar y deleitarse con los poemas de este veterano de la poesía. Todo estaba preparado y listo para que empezara el show. Tolomeo llego justo cinco minutos antes de que comenzara el recital. Algunos ya se veían impacientes y hasta nerviosos pues pensaban que nunca llegaría. Tolomeo llego con una amplia sonrisa saludando a todos y disculpándose por la tardanza. Según el poeta el tráfico estaba terrible pues un accidente en el periférico había echado a perder su llegada a tiempo. Tomo asiento frente al escenario, la mayoría de la miradas estaban enfocadas en el y en su hija Dolores que lo acompañaba. Ella, con un vestido de noche color rojo, la espalda descubierta y vestidos rojos que decoraban y realzaban la belleza de la mujer. Dolores se veía realmente bella, elegante, distinguida. El maestro de ceremonias hizo uso de la palabra para que empezara el evento. El guitarrista de música clásica pauso por un momento.

De forma pomposa y elegante el hombre se refirió a Tolomeo como un verdadero y único artista. El público se puso de pie para aplaudirle y el poeta se puso de pie para subir al escenario. El recital tuvo una duración de una hora y media, entre poemas, charlas, remembranzas, música y risas el recital estaba a punto de finalizar. Cuando Tolomeo recitaba su ultimo poema, Godoy empezó a poner las cajas que Luz Juana le había mostrado dentro de su condominio. Tolomeo no dejo de recitar el poema con el que finalizaba de forma triunfal aquella velada. Extrañado por lo que hacían sus amigos periodistas, volteaba de reojo para tratar de indagar lo que estaban haciendo a sus espaldas. El público asistente rompió en aplausos

cuando el poeta hubo por fin acabado de recitar aquella obra literaria, el maestro de ceremonias sabia de la sorpresa que le tenían guardada a Tolomeo y antes de despedir a la gente, pidió de favor que nadie se fuera. La sorpresa de la noche estaba por llegar, Godoy subió al escenario junto con su amiga y compañera Luz Juana. Godoy tomo el micrófono en sus manos y dirigiendo su mirada al artista y después al público, dio unas palabras solemnes para ensalzar aun más al poeta, su trayectoria y su sensible inspiración. Luz Juana se dirigió a una de las cajas que aun se encontraban cerradas y abrió una de ellas sacando un par de libros, le dio uno a su colega de trabajo y este lo mostró al frente para que todos los que estaban en la sala lo vieran.
---- Señoras y señores. Me es grato y un verdadero placer dar a conocer este libro con la vida y poesía del señor Tolomeo Vásquez Moreno. ! Soy poeta!---- Extendió el libro hacia donde estaba Tolomeo y este se paro de su butaca para subir una vez mas al escenario y recibir el libro. Tolomeo no tenia palabras para expresar tanta emoción, su vida entera se encontraba en esa obra con fotografías de su familia, de él cuando pequeño y varias presentaciones que había tenido en el extranjero.
---- A pesar de tener varios libros ya publicados, este es para mi el mejor regalo y la mas grande sorpresa que me han dado en años. Muchas gracias.---- Tolomeo abrazo a Godoy y a la periodista y acto seguido el publico entero se puso de pie para aplaudir de forma constante sin parar por unos tres minutos aproximadamente. Tolomeo sudaba de la emoción, sentía con claridad como las gotas del líquido salado le recorrían la frente cayendo y atorándose entre sus cejas. Tolomeo parado en el escenario parecía más un novato que un profesional. Inerte, paralizado en el escenario frente a toda una muchedumbre que no dejaba de aplaudir, algunos silbaban y gritaban, !Tolomeo! !Tolomeo!. Este solo se concretaba a repasar el libro y entretenerse con cada una de las fotos que estaban impresas dentro del mismo. Dolores al igual que el público, no dejaba de chocar las manos, las lágrimas le salían de forma espontánea una detrás de la otra, la alegría que en esos momentos sentía era algo inexplicable asiendo que su padre se sintiera grande y orgulloso.

La velada finalizo con unos bocadillos y champagne, bebidas de sabor para los mas jóvenes, charlando y conociéndose unos con otros, mucha gente se acercaba al poeta para felicitarlo y estrechar su mano, muchos también adquirieron el libro editado por Luz Juana para su buen amigo Tolomeo Vásquez Moreno. Algunos le pedían que por favor se los autografiara y se tomaban fotografías con él artista. Poco a poco aquel recinto fue quedando vacío, solo unos cuantos se quedaron para seguir hablando. Los libros se vendieron casi todos y Tolomeo se llevo el resto a su departamento junto con su hija y su compañero de trabajo y ahora yerno, novio de Dolores. La directora de la revista "la estampa" se ofreció de buena gana a tratar de difundir aun mas el libro del artista en su prestigiosa revista cultural; varias personalidades del arte y la cultura habían adquirido el ejemplar de "Soy poeta" para también seguirlo dando a conocer.

Después de esa majestuosa he inolvidable presentación, Tolomeo tuvo las puertas abiertas para diferentes eventos culturales, se le invitaba a formar parte de jurados, sus obras literarias se vendían y publicaban, sus poemas se traducían a varios idiomas como el Frances, italiano, árabe, japonés, griego, ingles, portugués y ruso. Tolomeo empezó a viajar una vez más a otros países para exponer sus poemas. Godoy con el tiempo llego a ser director de noticias para el periódico para el que trabajaba. Luz Juana recibió un contrato por cinco años para trabajar en una prestigiosa cadena en Londres, Inglaterra. Las despedidas son tristes, pero cuando son para mejorar, hay almenos consuelo. Se escribían casi cada semana, Godoy y Luz Juana se hicieron amigos afines, inseparables. Luz Juana jamás le dio a demostrar sus verdaderos sentimientos. Con los años ella se caso con un hombre muy importante de Londres y nunca regreso a México. Después, esas cartas se hacían cada vez más lejanas, hasta que nunca volvió a saber más de ella. Godoy y su esposa Flor, tuvieron dos hijos más aparte de la primera. Dolores, la hija de Tolomeo se volvió a casar con el maestro de secundaria y tuvieron una linda bebita a la que llamaron Jacinta, en honor a la tatarabuela de la mamá de Juan Esteban Ríos Roca. Según contaba la familia de Juan, su famosa tatarabuela había sido una revolucionaria que formo parte del batallón de Pancho Villa, ella era las que les hacia las tortillas y los frijoles a los revolucionarios, también les quitaba las ganas de otras cosas, pero de eso nadie hablaba en la familia pues era una vergüenza el que la famosa tatarabuela allá andado de coscolina por quién sabe donde y con quién. Tolomeo, en su vejes decidió ir a visitar su viejo he inolvidable pueblo de cuna, el famoso pueblito de Chinacates, Durango. No dijo nada a nadie, solo compro un boleto para la ciudad de Durango y se fue.

En Chinacates, nadie sabía quién era él. La gente lo veía con curiosidad y morbo, se escuchaba mascullar a las mujeres a sus espaldas. ¿Quién podría ser ese hombre? Tolomeo se dirigió a lo que antes era su antigua casa, donde vagamente el recordaba su infancia, su corta juventud antes de irse a estudiar a la capital mexicana. Le era realmente difícil de reconocer aquel pueblo, ahora estaba grande, algunas calles ya incluso estaban con asfalto, construidas, había mas escuelas, una pequeña clínica del IMSS, y tienditas en casi cada esquina, dos tortillerías, ferreteras, oficinas burócratas y mas negocios. Chinacates ya no era el mismo. Había evolucionado, había crecido, se había desarrollado. Eso en parte le dio gusto al poeta, pues de forma vaga nunca se había olvidado de su terruño, de su pueblo, de su casa y mucho menos de su gente. Con dificultad pudo llegar al domicilio que antes fuese de sus padres, toco la puerta y abrió un joven delgado, moreno claro y semblante frío. Le pregunto que se le ofrecía, Tolomeo respondió que buscaba algún miembro de la familia Vásquez Moreno. El joven lo vio con intriga y dijo que si. De hecho el era un Vásquez, su madre era una Vásquez Moreno, se llamaba Raquel. Tolomeo se lleno de gusto y le expreso al joven que el era su tío, hermano de su madre Raquel. Tolomeo Vásquez Moreno. El muchacho abrió mas los ojos y le regalo una sonrisa que logro romper el hielo que reflejaban sus ojos. Ambos se abrazaron y el joven introdujo a su tío Tolomeo dentro de la vivienda. Cuando Raquel vio y distinguió a su hermano le dio mucho gusto, se abrazaron, lloraron, rieron, recordaron y volvieron a llorar al recordar varios miembros que ya no estaban. Tolomeo pasó varios días conviviendo con su hermana y su familia. Un día, Tolomeo le pidió a su hermana que lo llevara al panteón, quería saludar y estar un poco con sus padres y su abuelo. Raquel lo llevo exactamente hasta donde estaban los restos de sus difuntos ancestros. Al llegar ahí, Tolomeo les puso unas flores que les había comprado en una de las tantas florerías del mercado en Chinacates. Se las coloco y también saco de su morral unos libros, poemarios de él mismo, de su propia inspiración. Los coloco en esa cripta sucia por el polvo y triste por el tiempo.

---- !Padre! Te doy las gracias por haber hecho de mí un hombre de bien, por haberme dado la oportunidad a salir adelante en lo que yo quería, en lo que yo deseaba. Gracias a ti padre, pude ser lo que soy y lo que fui, un hombre de bien. Un maestro, un escritor, un poeta. Algún día me uniré a ti en ese sueño eterno en el que estas ahora, pronto estaré a tu lado, en este hoyo malvado que traga humanos y es... por desgracia, parte de la vida del ser humano. Ahí llegaremos a formar parte del suelo, llegaremos a ser parte de la vida, nuestras moléculas se juntaran con otras almas vivas y quedaremos en todos lados. En el trigo, en el árbol, en la flor que crece y germina, y en una semana... se seca y se marchita. Pronto estaré contigo padre mío.---- Tolomeo hablaba frente a la cripta de sus padres y en donde yacía el cadáver de su querido abuelo también. Su hermana Raquel había decidido esperarlo en la entrada del cementerio pues quería que su hermano Tolomeo llorara a solas sus penas, no quería perturbar su tristeza ni sus recuerdos. Tolomeo continuo con aquel inspirado monologo que le salía desde adentro del alma.

---- Abuelo... mi muy querido maestro. Aquí me tienes, convertido en eso, en poeta, tal como me lo decías, y aun recuerdo tus palabras cuando siendo yo aun niño, me levantabas en brazos y aclamabas. !Tolito! !Tolito! Un día llegaras a ser poeta. Tú serás poeta Tolito. Y aquí estoy, frente a ti, para decirte que si soy poeta. Soy poeta. Tolomeo tomo los libros de poesía y los desparramo en el mausoleo de sus ancestros.

Cuando Tolomeo se reunió una vez más con su hermana Raquel, traía los ojos rojos, húmedos. Pero su semblante reflejaba alegría, satisfacción. Raquel no quiso hablar del tema pues le gustaba respetar el dolor ajeno, mas aun siendo de alguien de su casa. Los padres de Tolomeo antes de morir les habían dejado como herencia una hectárea de tierra a cada uno de sus hijos, Tolomeo firmo los papeles que lo hacían acreedor de su parte. Decidió quedarse a vivir en Chinacates, formar su casa y terminar sus últimos días en su natal tierra. Le aviso a su Hija Dolores y esta respeto la decisión de su padre.

Un día, Tolomeo estaba sentado leyendo con dificultad y a lo lejos vio que se acercaba una mujer ya entrada en años. Su vista no lo ayudo a distinguir de quién se trataba, la mujer con dificultad se acercaba directamente a el. Cuando esa misteriosa figura femenina estuvo lo suficientemente cerca, Tolomeo dejo caer el libro que en esos momentos Leia y se levanto de la silla para abrazar a esa dama. Era su antiguo y único amor, Dolores, la madre de su hija. Dolores siempre había estado al tanto de la vida del artista sin que este se diera cuenta, batallo para dar con el pues se había movido a Chinacates sin decirle realmente a nadie, pero al final supo dar con su poeta una vez mas. Llegaba para quedarse con él hasta la muerte y esta vez nadie los volvería a separar. Tolomeo, lloro. La abrazo y le dio un beso con la máxima ternura ofrecida en la frente de ella. Tolomeo supo perdonar a Dolores, su amor de antaño, su verdadero y único amor. Sabia perfectamente que el orgullo no lo llevaría a ningún lado, que a esas alturas de su vida él necesitaba una compañera, que cualquiera puede cometer errores y después arrepentirse, al final… no somos nadie para juzgar, somos simplemente una parte de este mundo, tratando de hacer lo mejor posible por hacer de este planeta algo lindo, un verdadero hogar en donde podamos vivir, respirar, convivir. Los dos viejitos se abrazaron y convivieron sin guardar resentimientos, ni reproches por su pasado. Tolomeo nunca olvido a aquellos viejos amigos que conoció y los que gracias a ellos pudo hacer de su vida un motivo para luchar. Pues la vida siempre es una lucha constante, nunca se puede alguien rendir. Tolomeo puso el obsequio aquel que lo hizo casi llorar de emoción, su querido libro, probablemente el más valioso de todos. Cualquier persona que entraba a su casa podía ver esa obra y saber que Tolomeo era realmente un poeta. Muestra de eso era su pasado, su historia y ese libro relatando su vida entera. !Soy poeta!.

Tolomeo se dedico a cuidar de sus tierras, a convivir con la naturaleza como su difunto abuelo le había enseñado tanto, a ver la libertad de las aves, a deleitarse con su canto, con sus colores, con su libertad. Tolomeo sigue aun con vida, en el corazón de todos aquellos que lo conocieron y escucharon, de quienes lo leyeron y supieron acerca de sus obras. Tolomeo Vásquez Moreno, aquel humilde campesino que tuvo el valor de superarse en la vida, convertirse en literato y salir de la mediocridad a la que estaba condenado. Aquel hombre que siendo aun jovencito soñó con llegar muy lejos y no paro hasta conseguir sus ideales, sus sueños, sus metas. Hasta llegar a ser poeta.